集英社オレンジ文庫

映画ノベライズ

ママレード・ボーイ

きりしま志帆
原作／吉住　渉

本書は書き下ろしです。

contents

marmalade boy

映画ノベライズ

ママレード・ボーイ

marmalade boy

序章

それはある日突然やってきた。

いつものように朝がきて、いつものように学校に行き、いつものように家族そろって食後のお茶を楽しんでいた――いつもどおりの団欒《だんらん》のとき。

「……離婚？　今、離婚って言った？」

小石川《こいしかわ》光希《みき》は、つい今耳にした両親の告白に大きく目を見開いた。

「そうなのよ。わたしたち……ね」

母・留美《るみ》がとなりに呼びかけると、父・仁《じん》が申し訳なさそうにほほえみながら、ゆったりとうなずく。

「別れようと思うんだ。……ね？」

ソファの定位置に並んで座る、いつもどおりの父と母。

「ね？」と気持ちを確かめ合うのも、ほほえみ合うその表情も、昨日までと何ら変わらない。変わらない――はずだ。

——でも、離婚、って。

「な、なんで……そんなこと。なんで、平気な顔で……」

光希は、やっとそれだけ言い返した。

頭がうまく回らないのだ。

当然だろう。そんな兆《きざ》しは少しもなかったのだ。話が急すぎる。

しかし、一人娘がそうして大混乱しているというのに、両親はにっこりしたまま。

「好きになっちゃったのよね。パパはその、奥さんのこと。で、ママは……」

「ご主人の方と。お互いに、パートナーをチェンジしてやっていこうか……ってことになって」

さらにトンチンカンな話が上乗せされ、状況を理解しようとフル回転していた光希の頭は、いよいよ煙を噴きそうになっていた。

「あ、べつにママを嫌いになったわけじゃないんだよ！」

「そうよ！　ママだって、今でもパパのことは好き！」

両親そろっての食いぎみの主張が、さらに光希の思考回路を複雑にする。

——好き合っていて別れる夫婦がどこにいるの？

急に異世界に飛ばされたような気持ちで目の前の二人を凝視する光希。

二人は互いに寄り添うようにしながらうっとりとして、

「なんていうか、要士《ようじ》さんにはパパとは違う何かを感じるの。トキメキ？　みたいな、ね」

「分かるよ。俺もね、千弥子《ちやこ》さんに感じるんだ。その、トキメキみたいな」

「――はあ!?」

自分には見えない何かにひたる両親を前に、今、光希の理解力は軽々と限界値を突破した。

日が沈んでもなお暑い、夏の夜のことだった。

一章

「パートナー交換？」

　小石川《こいしかわ》夫婦の突飛《とっぴ》な思い立ちは、ふつうの高校生にはやっぱり理解できないもののようだった。

　衝撃の告白から一夜明け、ひとまずいつもどおりに登校し、いつもどおり放課後を迎えた光希《みき》は、半分愚痴《ぐち》をこぼすように友人・秋月茗子《あきづきめいこ》に両親の離婚話を打ち明けたところである。

「そうなの！　もう、信じられる？」

「はじめて聞いた。っていうか、そんな人たちホントにいるんだ……」

　ギラギラとまぶしい太陽の下、大股《おおまた》で中庭を横切っていく光希に、茗子は長い睫毛《まつげ》を何度も上下させながら「はー……」と長いため息をつく。

　彼女は中学から付き合いのある大切な友だちだ。ふわっとした髪の美人で、ふだんから大人びたところがあるのだが、さすがに突然の離婚話は——そのうえパートナーチェンジとまでなると——落ち着いて聞けないようである。

ひと晩たっても気持ちが治まらなかった光希は、「もう！」と、アスファルトを踏み抜くようにしながら訴えた。

「いいトシして、トキメキとか言ってんじゃないっつうの！」

「恋しちゃってるんだね」

「気持ち悪いよ、いい大人が恋なんて！」

「大人でも恋するんだよ。好きになる気持ちが止められないっていうのは分かるな」

苦笑しながら、茗子は覚えたての言葉を口にするようにゆっくりとそう言った。どこか夢見るような口調だが、「分かる」というひと言が安易な共感に聞こえないのが不思議だ。

——でもふつう、分かるもの？

ちょっとモヤモヤしながら、光希はいちおう、もう一度客観的に考えてみた。

自分だってもう高校生だ。誰かに想いを募《つの》らせてそわそわした経験はあるけれど、今ある大事なものを壊してまで恋に走ろうなんて思ったことはない。

というか、ふつう思わない。はずだ。

思わないでしょ。

改めて考えたところでやっぱり同じ結論に行き着いて、光希はむうっとくちびるを捻《ね》じ曲げた。

両親の離婚理由がナナメすぎて、現状ショックとか、悲しいとか、そういうふつうの感情を飛び越えてしまっているからまた癪《しゃく》である。悲劇のヒロインにさえなれやしない。

と、そうして不機嫌になっている光希を、テニスラケットを持った男子の集団がにぎやかに追い越していった。とっさに振り向き、

「あ、銀太《ぎんた》」

と呼びかけると、集団の最後尾にいた男子生徒が光希に並ぶように足を止める。

「おう、なに？」

気さくに答えたのは、昔からの顔なじみで、かつ、部活仲間でもある須王《すおう》銀太だ。クラスでも部活でも一緒なので、遠慮《えんりょ》のいらない仲である。

「今から練習行くの？」

「そ。今コート空《あ》いてるみたいだぜ。サーブ練習するか？」

銀太は人懐っこい笑顔で軽くラケットを振って見せた。

一緒に練習メニューをこなすのはいつものこと。だが、あいにく今日の光希はその誘いには乗れないのだ。パッと鞄《かばん》を小脇に挟んで手を合わせる。

「ごめん、今日は帰んなきゃいけないんだ。うちの用事でさ」

「そうなのか？　じゃあ明日自主練するか」

「うん。そうしよ」

光希が笑顔で答えると、「じゃ、明日な」と、いかにもスポーツマンっぽい爽《さわ》やかさで言って、銀太はぐっとこぶしを突きだしてきた。

光希も同じように手を丸くして、お互い手と手をぶつけ合う。「じゃ」と、銀太は走ってみんなに追いついていった。

他の部員たちとくだらない話をしながら、コートに向かっていく後ろ姿。

いつもそばで見ているはずなのに、なんとなく目が離せない。

「相変わらず仲いいわね」

ふいに茗子から肩をぶつけられ、光希は自分の時間が止まっていたことに気づいた。

彼女を横目に見、苦笑いする。

「バカみたい？　フラれた相手と仲良くしてるなんて」

「そんなことないけど」

茗子がゆるく首を振る。

そのさりげない口調でほっとして、光希は「よし」と、長い髪を大きく振って顔をあげた。

「帰ろ！」

「光希、家の用事って言ってたけど、もしかして……？」

「うん。相手のご夫婦と会うの」

「やっぱり」

「なんとしても四人を説得しなきゃ、ね」

心配そうな茗子に「じゃあね」と手を振って、光希はローファーを履《は》いた足でタッと駆けだした。

相手夫婦との面会場所は、ふだんなら記念日でしか行かないようなちょっといいレストランだ。気合を入れなきゃ押されてしまう。

それじゃあダメ。

たとえ孤軍奮闘することになっても、この戦いには絶対に負けられないのだ。

★

夜のとばりが降りたころ、光希の戦いは静かに始まった。

「こんばんは。松浦要士《まつうらようじ》です」

「はじめまして。千弥子《ちやこ》です。よろしくね」

皺《しわ》ひとつないクロスがピシッと敷かれ、ピカピカの食器が並べられたテーブルの向こう側。

小石川家の両親がそれぞれ「恋に落ちた」という相手——松浦夫妻が、光希にほほえみかけていた。

いきなりパートナーチェンジなんて突飛なことを言い出すからどんな変人が現れるかと思いきや、レストランで光希たちを待ち構えていた夫婦は、どちらも見た目はふつうの、いやふつうどころか、やさしそうな印象のする人たちである。

「あの……ご両親から聞いてるよね。僕ら二人とも、ご両親と年末のハワイ旅行で知り合って、それで意気投合《いきとうごう》しちゃって」

「そうなの。私は仁《じん》さんと、要士は留美《るみ》さんと」

要士も千弥子もおだやかな口調で、装《よそお》いもきちんとしていて、少なくともその振る舞いでは悪印象を与えない人たちだった。

が、言っていることが両親とまったく同じなので、光希の警戒レベルは目盛りひとつ分も下がらない。

「わたしは、反対です」

こういうときは最初にはっきりと態度を示すべきである。

いつもより少し華やかな恰好《かっこう》をしている両親のとなりで、光希は「愛想笑いもいたしません」という気持ちを前面に押し出し、ムスッと黙りこむ。

そんな態度に両親が「あらまあ」と言わんばかりに顔を見合わせたが——父は千弥子と、母は要士と顔を向け合うからよけいに光希の気持ちを逆なでする。

――相手が違うでしょ！　少なくとも今は！

「だよね。そりゃそうだよ。光希ちゃんの気持ちは分かる」

「なれなれしく名前呼ばないでください」

笑いかけてくる要士に、ぴしゃりと言い返す。すると彼は「ごめんごめん」と目尻を下げ、

「でもね、今日はせっかくこうして話し合いのために集まったんだから、みんなでいい方向性を探れたらなって思ってるんだ」

「話し合いの余地なんかないです」

「まぁ、そう言わずに。実は僕たちにも、ちょうどキミと同い年の息子がいるんだよ。遊ぶって書いて、ユウっていうんだけどね」

「――遊ぶ。チャラそうな名前ですね」

思わず皮肉を言ってしまうと、「光希！　失礼よ！」と母から苦言が飛んできて、光希は口をつぐんだ。

確かに言葉が過ぎたかもしれない。

でも、そんなことが口をつくくらい、光希にも余裕がなくなっている。

両親も松浦夫妻も、本気でパートナーチェンジする気だと分かったからだ。

話し合いをして、きちんと段取りを踏んで、適正に話を進める気でいると分かったから。

そして――こんな態度をとっても気遣わしげにほほえむ松浦夫妻が、たぶん、いい人たちだと分かりつつあるから。

まずいと思う。いろいろ。

「あ、遊《ゆう》！　こっちよ」

ふいに千弥子が席を立ち、光希はつられて顔をあげた。

見ると、入口の方で同年代の男の子がウェイターに声をかけられている。

黙って立っているだけで目を引くような、華やかなイケメンだ。要士も千弥子も美男美女だが、顔立ち以上にやさしげな雰囲気《ふんいき》が二人によく似ている。

何も知らずに街ですれ違っていたら間違いなく二度見するだろう。そして茗子に報告してしばらく話のネタにする。ひょっとしたら調子に乗って他のクラスメイトにも話してしまうかも。

それくらい、彼は印象的だった。

「ごめん、待った？」

千弥子に気づいて足早にテーブルに近づいてきた彼は、松浦夫妻に笑いかけ、光希の両親にも「こんばんは」とあいさつをした。

光希のことは事前に聞いていたようだ、目が合うと軽く頭を下げてくる。

「どうも」

「どうも……」

光希も軽く会釈《えしやく》を返し、そのまま下を向いた。

髪色が明るいから「やっぱチャラそう？」と思ったが、話し出すと意外に落ち着いた印象である。ニコニコしているわけではないものの、見ていて不快になるほど無愛想でもない。できることなら違う立場で出会いたかったと思う。切実に。

全員そろったところで料理が運ばれてきて、両親たちは一時休戦とばかりにナイフとフォークを手に取った。

光希もいちおうみんなに倣《なら》った。食べ物なんかで懐柔《かいじゆう》されるつもりはないが、こんないいお店に来ているのに料理に手を付けないのは癪《しやく》である。

そして、その選択が間違いでないことをひと口目で悟る。美味《おい》しいのだ。前菜も、スープも、メインも、ジーンとしてしまうくらい美味しい。

このおかしなメンバーで食べていることが心底悔《くや》しいと思ってしまう。

――と、現実逃避ぎみに食べることに専念していると、急に母が脇をつついていた。

「どうしたの、光希。急に大人しくなっちゃって。遊くんがあんまりイケメンだから？」

「な、何言ってんの！　わたしはパパやママと違って、一瞬で人を好きになるほど軽くありませんから！」

思わず大きな声を出してしまって自分で驚いたが、両親は「あらら」と言わんばかりに苦笑し、千弥子はほほえましいものに出会ったように目を細め、要士にいたっては「そうか。恋に慎重なんだね、光希ちゃんは」と、とびきりポジティブな解釈を披露した。

たちまち気持ちがくじかれる。

——この人たち、本当に分かってない。

悟った光希は、休戦終了。「とにかく！」と、テーブルに両手をついて立ちあがった。

「わたしは、絶対反対です！」

控えめに流れていたBGMをすっかりかき消すほどの光希の主張。

さすがに効いたのか、大人たちはのんびりした笑みを引っこめ、落胆《らくたん》するようにそろって肩を下げた。どう見ても穏やかではないこのテーブル、店内のあちこちから視線を集めてしまっているが——この際気にしていられない。このまま流れを摑《つか》むのだ。

「……どうして反対なの」

大人四人が黙りこみ、光希がひとり勢いをつけるなか、黙々と食事を続けていた遊が光希のことを見あげてきた。

え——と、テーブルに手をついたまま光希は目をまたたかせる。

まさか立場が同じこの人にそれを訊かれるとは思わない。

「だから、なんで反対なの。理由は？」

目を見て改めて問いかけられて、光希は知らないうちに金魚みたいに口をパクパクとさせていた。

「あ、あなたは、反対じゃないの？」

「俺は別にかまわないよ。本人同士さえよければ、それでいいんじゃないの」

遊は平然とそう言って、ふつうに食事を再開する。

信じられない。

実の親が離婚したいと――それどころか再婚までしたいと言っているのに。

いいんじゃない、って、そんな簡単に言えるもの？

いや、実際言っちゃったんだけども。

――もしかしたら、この人が一番、変……？

イケメンに目を奪われた数分前の自分のことを忘れ、光希は珍獣を見るように遊を見た。

すると彼もまた光希を見返して、

「どうして反対なのか、落ち着いて説明してみろよ」

なんて、意地の悪い言い方をする。

光希は口をつぐんだ。

ゆうべ両親に告白されたときには、驚きが頭を支配してうまく考えがまとまらなかった。

でも、今は違う。長い夜にいろいろと考えたし、茗子と話して自分の中で整理できたこともある。

だから、正直な気持ちを伝えられる。

光希は、言った。

「どうしてって……悲しいからだよ」

全員がハッとした顔で注目する中、光希はゆっくり息継ぎをして続けた。

「パパとママが離婚してそれぞれ別の人と再婚して、わたしはどうなるの？　どっちに引き取られるの？」

熱いものがこみあげてきて、強く胸を押さえる。

「わたしは、パパもママも選べないよ。どっちも大好きなんだもん。だから——だから、別れないでずっと一緒にいてよ！」

震える声が光希たちのテーブルを支配した。

遠く窓際の席ではお誕生日会をしているようで、小さな女の子とその両親がケーキを前にバースデーソングを歌っている。

光希と両親も、誕生日が来るたびに同じようにお祝いしたものだ。

けれど、両親が離婚したら、きっとそんなしあわせな時間も奪われる……。

その席の周りだけがしんと静まり返る中、両親が感激したように熱いため息をついた。

「ありがとう、光希。そんなふうに言ってくれて」

父が抱きしめてくる。

「ホントうれしい。ママもパパも、あなたと別れたくない」

母も、いつもそうだったようにやさしくほほえみかけてくる。

光希の肩から力が抜けた。気持ちが伝わったのだとホッとして。それでいて、少しは状況が変わるだろうと期待して。――だが、

「だから私たち、シェアハウス借りて六人で一緒に住もうと思ってるの」

やけに意欲的な母の一言に、出かけた涙がひゅっと引っこんだ。

シェアハウス？　六人一緒？

「つまり、夫婦関係は変わるけど、今まで通りの組み合わせを両親と思ってくれればいいんだよ」

「そう。遊と光希ちゃんは、戸籍上は父親に引き取られることにすれば、苗字《みょうじ》も変わらないわ」

理解の追いつかない光希に松浦夫妻が熱弁し、両親がうんうんとうなずき、遊は――この場において唯一光希と同じ立場になりえるはずの人は、やっぱりご飯を食べていた。ひたすらマイペースに食べていた。

光希は、もはや言葉もなかった。

あるはずもない。

二組の夫婦が離婚して再婚して子どももろともひとつ屋根の下で仲良く暮らす――なん

て、誰が信じるだろう。

しかしながら、「ウソウソありえない」と思い続ける光希の気持ちを大きく裏切り、その顔合わせの日からほどなくして、とある街の二階建ての家に引っ越し業者のトラックが横付けされた。

光希の新しい住居となるその家には、『松浦』、『小石川』の二つの表札が当たり前のように並んでいた……。

二章

　——引っ越しは力仕事が多いが、作業自体の主導権を握るのは、どちらかというと女性の方である。

「ねえ、この食器棚《しょっきだな》、こっちの壁際と、こっちとどっちがいいかしら」

「そうねえ、こっちかな。——要士《ようじ》ー、留美《るみ》さんを手伝ってあげてー」

　晴れて離婚した小石川《こいしかわ》夫婦と松浦《まつうら》夫婦の元・妻たちは、離婚したてとは思えないほど和気あいあいとして家具の配置を相談している。

　元・夫たちも同じだ。元・妻たちの指示に従いテキパキと動き、重い家電を協力し合って運んだりしていて——変だ。すごく変。

　もちろん最初から変なことは分かっているのだからあえて考えないようにしているが、蚊に刺されたあとの痒《かゆ》さが絶対に我慢できないことと同じように、変なところにこそつい目がいって、性懲《しょうこ》りもなく「変だ」と思ってしまう。

　変だ。絶対、変。

「この絵、誰の趣味？」

「俺の」

「えーっ？　仁《じん》が買ったの？」

「もしかしてハワイで買ったやつ？」

また大人たちが集まってきて、高校生みたいにわいわい騒ぎ始めた。

四人とも楽しそうだが、やっぱりふつうではないと光希《みき》は思う。

今日からこれが「日常」になるなんて、本当に信じられない。

口をへの字にして眺めている光希にはお構いなしに、大人たちがまたワッと盛りあがり始めた。何が面白かったのかまったく聞いていなかったが、彼らと自分との温度差に少ししんどさを感じて、光希は自分の荷物を抱えて足早に階段をあがった。光希の新しい部屋は、二階である。

「今日は静かじゃん。食事会のときはあんなにうるさかったのに」

部屋に入ろうとしたところで、できれば違う出会い方をしたかったイケメン――遊《ゆう》に声をかけられた。表札に『松浦』と『小石川』が並んでいるのだから当然だが、彼も今日からこの家の住人である。

しかも部屋がとなり同士だ。

光希は、じろっと彼をにらんだ。

「なに、その言い方。地味に感じ悪いんだけど」

「そうか？」

白々しくも大げさに眉《まゆ》を上下させる遊は、相変わらずこのおかしな流れに何の疑問もない様子である。顔はいいのに思考回路は両親たちと同じだと思うと、なんというか、ちょっと、残念である。

光希はいったん荷物をおろし、小さくため息をついた。

「もうあきらめたの。うちの親、何かやりたいって思うといつも勝手に進めるんだから。ただ、このレベルは文句言うでしょ、ふつう」

「確かに。親が自由すぎると子どもは苦労するよな」

「ええええ……？」

光希は顔をしかめた。

両親らの決断に対するリアクションはまったくの正反対だったのに、そこの感じ方は同じってどういうこと？

不可解な気持ちを隠せないまま見つめていると、遊はにこっと笑い返してくる。

「こう思えばいいじゃん。家族がいきなり倍に増えて楽しいなって。ひとつ屋根の下でピリピリしてても疲れるだけだし。被害者同士、仲良くやっていこう」

なんとも前向きな発言である。そう言えば、彼の父・要士もこういうポジティブ発言をしていたな、と思い出す。さすが親子。

「はい。あげる」

ふいに、遊が腕を伸ばしてきた。

「え?」

目をまたたかせると、遊がさらにこぶしを突きだしてくる。

何かくれるらしい。

分かっても飛びつく気にはなれず、そっと右手を差し出すと、遊は光希の手のひらにこぶしを押しつけ、何かを渡してきた。

なんだろう。ぐにゃっとしたものだ。

怪訝《けげん》に思いながら、手の中に残ったものを確認すると――。

「きー―きゃあああああああ!」

勝手に口から悲鳴がほとばしり、右腕どころか左腕も両足も四方八方にバタバタ動いた。

その拍子に光希の手からポーンと飛んでいった黒いモノ。

名前を口にするのもおぞましい、夜中の台所に出没する、しつこく、すばしっこい、カサカサ動く――アイツ、だったのである。

触っちゃった触っちゃった触っちゃった――と、声にならない絶叫を心の中で響かせながら、光希は涙目でその行方《ゆくえ》を追った。なにもアイツを見たいわけではない。こっちにまた来やしないかと思っただけだ。来たら逃げる、それだけ。

そうして構えながら見つけたアイツは、遊の足元に転がっていた。

ひっくり返っていて、動く気配がない。まさか死んでた？　それはそれで気持ち悪い
――。

嫌な想像をしてぞわぞわと肌が粟立《あわだ》ったとき、遊が、こともあろうことかアイツを拾って大笑いし始めた。

「こんな単純なオモチャでこんなに驚くやつ、はじめて見た。おまえ面白いな」

「――オモチャ……？」

訊き返す光希に、遊はニッと歯を見せて笑った。

いい笑顔だ。つくづくイケメンだと思う。

が、今この瞬間だけはそれが大きく悪い方にはたらいた。

「……サイテー」

一瞬にして気持ちが灰色に塗り替えられ、光希はぱっとその場を離れた。

ただでさえ腑《ふ》に落ちない引っ越しを強《し》いられ複雑な心境なのに、幼稚なイタズラまで仕掛けられ、すっかり不機嫌である。

「なんなの、あいつ」

なんて、ブツブツ言いながら、自分のことだけに集中。ひたすら荷物を二階の自室へと

運んでいく。

と、そんな様子を見ていたのか、母が声をかけてきた。

「光希、遊くんと仲良くしなさいよ」

「はーい」

いちおう答えたが、その気はない。返事をするだけならタダである。

「――でも、好きになっちゃダメよ」

部屋に入るところで、ふいに母が真顔になった。

「は？」

「だから、遊くんを好きになっちゃダメよ、って言ったの。これ以上うちの中を複雑にしないでね」

数秒前とはうって変わって、母はにっこり笑いかけてくる。

よく言うなあ、もう。

光希はため息をつきながら、ゆるく首を振った。

「何言ってるの。あんなやつのこと好きになるわけないし」

鼻息荒くそう言って、段ボールを抱え、新しい部屋に入る。

窓を開けて風を入れると、いつの間に降りたものか、庭にその遊がいるのが見えた。

ちょうどテレビ台を運ぶ父たちを手伝っているところだ。声をかけ合って、絶妙なところで二人をアシストしている。

細身なのにあんがい力がありそうだ。たくさん汗をかいているのになぜか爽《さわ》やかだし、見ているだけなら文句なしにかっこいいと思う。

でも、それだけだ。

好きになんて、なるわけがない。

★

「おはよう、茗子《めいこ》！」

引っ越しを終え、新しい家から登校した光希は、はつらつとして茗子に声をかけた。

「おはよ、光希。元気だね」

「そりゃもう！」

光希は鞄《かばん》を大きく前に振り、勢いよくうなずいた。

「学校にいる間はあの異常な家族と離れられるんだもん。あー、ここは空気いいわー」

まるで山の頂上にたどり着いたかのように、思いきり腕を振り上げ、深呼吸。

引っ越しが済んで部屋に下がってからは、ただひたすらこの時が来るのを待っていたのだ。さあのびのびするぞ、と意気込んで教室に入る。――と、

「えーっ！　テニス部だったの!?　すごーい！」

なにやら黄色い声が聞こえてきた。クラスメイトの百合香《ゆりか》の声だが、続けて、「ホントホント！」、「かっこいー」と、女子の声ばかりが何重にもかさなる。

なんだろう。テニス部にこんな騒がれ方をする人はいないはずなんだけど。

不思議に思いながら視線を巡らせ――光希は固まった。

「……遊……？」

そう。今朝あえて顔を見ないよう徹底的に避けていた同居人・松浦遊が、なぜか、光希のクラスの――しかも光希の席のすぐそばで、女子に囲まれているのだ。

「前の学校、テニス強いんじゃなかった？　有名だよねー」

「やっぱりこっちでもテニス部に入るの？」

「いや、他にやりたいことあるから」

愛想よく答えた遊は、昨日イタズラグッズで光希を怒らせた張本人《ちょうほんにん》とは思えないほどクールな笑顔だった。前後の席で両手で頬杖《ほおづえ》をつく百合香たちのテンションが、大きくあがっているのがよく分かる。

「ねえ、遊くんって呼んでいい？」

「いいよ。じゃあ俺もみんなを名前で呼んでいい？」

遊が笑うと、「きゃーっ！」と場が盛りあがって、「わたし、百合香！」、「ずるい、わたしが聞いたのに。あ、わたし知美《ともみ》ね」と、居合わせたメンバーが次々と前に出始めた。

光希の心にすーっと清涼な風が吹く。

なんでどうして、という焦りにも似た疑問がどこかへ転がっていき、なにやってんだか、という心境になったのである。

「おう」

女子たちの名乗り合いがひと段落したのか、遊が軽く手をあげて合図してきた。

当然、周りの女子たちが光希にいっせいに視線を差し向けてくる。

どうして元からこのクラスにいる自分が居心地の悪さを感じなければいけないんだろう。

光希は追い抜きざまに彼をにらみながら、「なんで転校してきてるの」とささやいた。

すると彼は悪びれずに、

「だって前の学校までけっこう遠くなってさ。わざわざ通うの面倒だし、ここは自由な校風でいいって留美さんも勧めるから」

「そんな話聞いてない」

「言うと騒ぐからだろ」

けろっとして返されて、光希はそれ以上の反論をあきらめた。ヘンに揉《も》めて周りに騒がれるのも厄介《やっかい》である。ここは引き下がった方が賢明だ。

「……しかもなんで同じクラスなの、もう……」

自分の席に着きながら、光希はぶつくさ言った。

説明なんてしなくても状況から察したらしい、茗子は眉尻《まゆじり》を下げて苦笑する。

クラスの女子の大半が遊の周りに集まっている状況でも、茗子は当たり前のように光希の傍にいてくれる。それだけが救いだ。

ひとまず遊の存在を視界から消し、黙々と教科書を机に移し替えていると、また「きゃーっ」と楽しげな悲鳴があがった。

イケメン転校生にテンションをあげているクラスメイトたち。

光希はため息をつかずにはいられない。

「一緒に住んでれば、あいつの本性なんてすぐ分かるのに……」

「——誰と誰が、一緒に住んでるって？」

急に横から割りこんでくる声があった。銀太《ぎんた》だ。光希はすぐに「おはよ」とあいさつはしたが、彼の疑問には答えられず、困ってしまった。

見かねたのか、横から茗子が助け舟を出してくれる。

「松浦くん——あの彼と、光希よ。家族になったの」

「え、あいつ？　——って誰？　え？　転校生？　家族？」

銀太が目を白黒させた。急にいくつもの情報を突きつけられたのだから、当然だろう。

しかし、誰が聞いているかも分からない今、詳しく話すわけにもいかない。

「いろいろ事情があるの」

そう言って、光希はひとまず、鞄の中に残ったノートや教科書をまとめて机に押しこんだ。

のびのびと過ごすはずの一日が、窮屈《きゅうくつ》な一日になりそうだった。


銀太にきちんと状況が説明できたのは、放課後——部活の時間になってからだった。

「あいつとおまえが……一緒に住んでる？」

白のテニスウェアに着替え、ラケットを持ち、恰好《かっこう》だけはすぐにでも練習に入れるところだった銀太だが、光希の告白を聞いたらそれどころではなくなったようだ。コート脇のベンチで前のめりになっている。

「……おまえらの両親、ぶっ飛んでんな」

手の中でボールを弄《もてあそ》びながら、感心しているとも、あきれているとも見える表情で銀太は言う。

「でも楽しいご両親じゃない」

そう擁護《ようご》したのは、ひとりだけ制服姿の茗子だ。光希は思わず「茗子！」と声をあげたが、

「本気で言ってるのよ、うちの両親よりずっといい」

と、茗子は悪びれなかった。

「もう、やめてよ」

「んーまあ、つまり、それで一緒に住んでるってことか」

とりなすように銀太が言った。

光希は軽くうなずきながら、銀太の顔を盗み見る。

たぶん、ただのクラスメイトだったら興味本位であれこれ聞きたがるに違いない。でも、彼は真面目《まじめ》に光希の話を受け止めているのが分かる。

「……心配？」

たずねると、銀太は一瞬ヘンな顔をした。かと思うと急につま先の向きを変え、

「なに言ってんだ。行くぞ！」

強く土を踏んで、コートに駆けこんでいく。

どことなく、空振《からぶ》りしたような気分。

光希は一度肩をすくめ、でも「まあいいや」と思い直して、コート目がけて走った。

せっかく学校にいるのだ、家のことを考える時間がもったいない。

「よーし。じゃ、ガチで行くぞ！」

ネットをはさんで右と左。何度かボールを弾ませながら銀太が声高く宣言するから、光希も「よし来い！」とラケットを構える。

不思議なもので、練習を始めるとたんに頭からよけいなものが消えていった。

一度銀太のサーブを打ち返すとそれだけで心が軽くなり、勢いよくラケットを振り抜けば、爽快《そうかい》。走って、拾って、打ち返して、思いっきりスマッシュを決めたとき、光希はようやくいつもどおりの笑顔に戻っていた。

★

新しい学校は、校舎がきれいで緑も多く、明るい雰囲気《ふんいき》だった。

とりわけ図書館は公共施設のように立派で、閲覧《えつらん》用の机はライト付き。蔵書も充実していて、書店で「読みたい」と思っても高価で手が出なかった本が、書架《しょか》の片隅にそっと置いてあったりする。

「いいね。気に入った」

遊は借りたばかりの本を赤いバックパックにしまい、得した気分で図書館をあとにした。

現代建築にまつわる本である。

遊は、少し前から建築に熱中していた。めずらしい形の建物や古い建造物を見るのが好きで、気に入ったところには足しげく通ったりする。

といっても、高校生の身では使える時間もお金も限られているので、実は書物から知識を得ることが多いのだ。

今日見つけた新しい一冊も、帰って読むのが楽しみである。

――と、そんなことを考えながら校門の方へと歩いていると、明らかにテニスをやっているると分かる、あの軽快な音が耳に飛びこんできた。

遊もテニスの経験者だけに興味を引かれ、音のする方に歩いていくと、広いテニスコートと、そこで打ち合っている男女の姿が目に入った。

片方は、新しく遊の生活の中に加わった女の子――光希だった。

もう片方はクラスで見た顔だが、まだ名前がパッと出てこない。いかにもスポーツマンといった感じで、休み時間には光希ともよく話していたと思う。

遊はなんとなく足を止め、テニスコートを囲うネット越しに二人のラリーを眺めた。

長い髪を大きく揺らし、気持ちのいい掛け声を響かせながら振りかぶる光希。

打ち返した球はぐんと伸びた。

すぐに拾われたが、食らいついていく。

負けん気が強いのは家でもテニスでも同じなんだな、と思う。

しかし家にいる間カリカリしているところしか見ていなかった彼女が、学校にいるときは明るい笑顔を絶やさないから、遊にしてみれば、なんというか――面白い。

「……やっぱりテニス部に入るの？」

どれくらい見ていたのだろう。急に背後から声をかけられて、遊は我に返った。

ほほえみかけていたのは、クラスでよく光希と一緒にいた女子――秋月《あきづき》茗子である。

「仲いいね、あの二人」

答えを誤魔化《ごまか》すように、遊はコートに視線を戻した。

茗子も並んで、いい音を鳴らして打ち合う二人を眺める。

「光希と銀太ね、仲いいっていえばいいけど……」

「あいつ、光希の彼氏？」

「幼なじみ」

クールな顔をしながら、妙に力強く彼女は言った。

ふうん、とあいまいに返事をして、遊はコートの中の二人を目で追う。

打ちそこねた銀太が、大げさに倒れて悔《くや》しげに叫んでいた。そんな彼を見て、光希が楽しそうに笑う。

まだ自分に向けられたことのない、まぶしい笑顔である。

★

「いただきまーす！」

大人たちの声がリビングに響いた。

その浮かれた響きはクリスマスの日のジングル・ベルか、はたまたバースデーソングの大合唱か。少なくとも、ふつうの平日のただの夕食に耳にするものではないような気がする。

「おいしい、このコロッケ！　やっぱり留美……留美さんは、お料理うまいわね」

「千弥子《ちやこ》さんだって」

「やっぱりみんなで食うとメシはうまいな」

「ワイン開けちゃおうか。とっておきのがあるんだよ」

妻同士が料理を褒《ほ》め合い、夫同士が盛りあがるその目の前で、光希は黙々とおかずを口に運んでいく。

コロッケにローストビーフにサラダにスープ。

メニューだけ見るとごちそうなのだが、光希にとっては楽しい夕食ではなかった。

遊も静かに食事に集中しているが、表情に硬さがないという点で光希とは決定的に違っていて、まるで線を引いたように、光希ひとりがこの雰囲気から浮いている。

「あ、このローストビーフおいしい！」

母がパッと顔色を明るくすると、要士がすかさず食卓の真ん中にあった小瓶《こびん》を手に取った。

「これはね、ゆず胡椒《こしょう》と岩塩《がんえん》で食べるとうまいんだよ。試してみて」

「あ――ホント、おいしいわ。千弥子さん、あとで作り方教えてね」

「もちろん」

「待って待って、俺も試す。――うん、うまい！　新発見だな、これ」

また四人がわっと笑う。

何が楽しいんだか、光希にはさっぱり分からない。

今まで家になかった「定番」が当たり前のように入ってくるって、むしろ少し怖いくらいなのに。

光希は、バッと席を立った。いっせいに注目されたのが分かったが、気づかなかったことにして、「ごちそうさま」と短く言い残して食器を重ね、流しに運ぶ。

そのままリビングを出ようとすると、

「光希ちゃん。学校は楽しい？」

千弥子に捕まった。

気を遣われたのだろう。要士が彼女をつついたのが目に入っていた。

「まあまあです」

いちおうそう答えると、今度は要士がたずねてくる。

「どういう男の子がタイプなのかな？　ボーイフレンドとか、好きな子とか、いないの？」

光希は相手をしたことを軽く後悔《こうかい》した。

なんでここで、そんなことを訊かれなきゃいけないんだろう。

内心ため息をつきながら黙りこんでいると、遊が食事の手を止めないまま言った。

「あのテニス部のヤツだろ」

指摘された瞬間、目がきつくなったのが自分でも分かった。

「……なんでそんなこと言うの」

無意識のうちに声まで低くなってしまう。

遊がローストビーフに箸《はし》を伸ばしながら、「あれ？　違うの？」と、目をまたたかせると、なぜか父も同じようにしながら、

「え？　好きな子いるの、光希。お父さん知らなかったな」

「シッ」

母が父を制した瞬間、食卓に気まずい沈黙が流れた。

放っておくとどんどん重くなりそうな空気の中、要士がこほん、と控えめに咳払《せきばら》いする。

「ちょっと無神経じゃないか、遊」

「そうよ、光希ちゃんにあやまりなさ……」

「――わたしは！」

促しかけた千弥子をさえぎり、光希は声を荒げた。

「わたしが耐えられないのは、ここで、こうやって、和気あいあいとご飯食べてるみなさんの無神経さですから！　――これからは、ひとりでご飯食べます。みなさんとなじむつもりはありません！」

言うだけ言って、光希はバタバタと階段を駆けあがり、部屋へと逃げ帰った。

こんなに腹を立てるなんて、自分で自分に驚いてしまう。

でも、言わずにはいられなかったし、嘘はなかった。だからよけいに気が重い。

ドアに背をつけ座りこんで、深いため息をつく。

六人での生活はもう始まっている。離婚も成立している。

元の生活に戻れないことは百も承知だ、でもやっぱり割り切れない。

そんな自分は子どもじみているだろうか。

――ああもう、と、光希は頭を抱えた。

母のコロッケも千弥子のローストビーフも本当はすっごくおいしかったのに、もうその味を忘れてしまいそうだ。

「……光希。ドア、開けてくれないかな」

「食後のケーキがあるのよ。出てこない？」

しばらくすると、ドア越しに両親の声が聞こえてきた。

が、光希は両耳にイヤホンをねじこみ、音楽でその声を遮断《しゃだん》した。

今は誰とも会いたくなかった。

みんなの中にいると、自分がどんどん嫌な人間になっていくような気がする。

でも、光希だって嫌な人間にはなりたくないのだ。

明るく笑っていたいし、楽しくおしゃべりしたい。おいしいご飯をおいしいと言って食べたい。

でも、今はまだ無理。無理なのだ。

大好きな音楽が、耳にじかに流れこんでくる。

いつも元気をくれる曲。

少し気分があがってくる。

と、ふいにいつものメロディに聞き慣れないリズムが割りこんでくるのに気づいて、光希は顔を上げ——目を疑った。

窓の向こうで、遊がガラスをコツコツ叩いていたのだ。

ここ、二階なのに！

「何やってんの！　バカ！」

光希が慌てて窓辺に飛んでいくと、彼は狭い出窓で何やら白い紙を取り出して、窓ガラスにくっつけてみせた。「工事中」の看板によくある、ヘルメットのおじさんが頭を下げているような絵と、「ゴメン」という三文字が書かれている。

光希はその絵と遊とを何度も見直し、がくっと首を折った。

なんなんだ、もう。

こんなんじゃ毒気も抜かれる。

「もう、ずるいよ。こんなことされたら入れてあげるしかないじゃん。……危ないし」

ブツブツ言いながら窓を開けると、遊は「そこを狙ったんだよ」と片目をつぶり、部屋の中に長い脚を下ろした。

「さっきはごめんな。父さんも無神経だよな。好きな子いるのかって、今どき、自分の娘でも訊かないよな。――ま、乗っちゃった俺も悪いけど」

「……いいよ、もう」

それはただのきっかけだ。問題はもっと根本的なところにある。

たぶん、一日二日ではどうにもならない、大事な問題。

時間をかければ少しは変わっていくんだろうと思う。解決はしなくても、きっと改善はしていく。

要は、そのときまで光希がどれだけ心の平穏を保つことができるか、だ。どれだけがんばれるか。どれだけ我慢できるか。

なんにしたって、楽な道ではない。

「あのさ」

自分を落ち着けるために長いため息をついていると、急に遊が真面目《まじめ》な顔をした。

「……なに？」

「父さんだけど……実は俺のホントの親父《おやじ》じゃないんだ」

唐突《とうとつ》に──本当に何の前触れもなく、遊はそんなことを言い出した。

一瞬にして血の気が引くような思いがして、かろうじて「え……」とだけ訊き返すと、

「誰にも言うなよ、俺は知らないことになってるんだから」

かぶせるように遊が言い、光希は口に石を詰めこまれたように黙りこむ。

部屋は静寂に包まれた。二人とも表面では落ち着いていて、でも、少なくとも光希の頭の中は、嵐に見舞われたようにひどく混乱している。

遊の父親が要士じゃない──なんて、パートナー交換の件よりもずっと大きい問題だ。

どうして黙っていたんだろう。

遊はどこでそれを知ったんだろう。

両親は？　どこまで知っているんだろう。

疑問は次々とわきあがってくるのに、動揺《どうよう》が大きすぎてどれも声にすることができないまま、光希はじっと黙っていた。

遊がそんな光希を見て、小さく笑う。

「光希の意見を無視して強引に一緒になったこと、あの人たちは、あの人たちなりに気にしてるんだよ。だから、光希になじむつもりがないって言われてショック受けてる」

遊は、自分の出生の秘密をひとまずおいて、丁寧《ていねい》に言葉を重ねていく。

どうしてそんなに泰然自若《たいぜんじじゃく》としていられるのか、光希には少しも理解できない。けれど遊はやわらかなまなざしで光希をとらえ、

「あんなんでも一応は俺の親だし、許してやって欲しいな」

ふわりと、レースのカーテンが舞うようにほほえみかけてくる。

光希は、たまらない気持ちになりながらも、やっぱり何も言えなかった。

あんな重大な告白のあとでそんなふうにほほえまれたら、どんな言葉でもかなわないと思うのだ。

★

遊から大きな秘密を打ち明けられて、光希の彼に対する見方が、少し変わった。

けれど遊の方はいつもどおり、意地の悪いことをしたり、皮肉を言ったり、ときおりやさしい笑顔を見せたりして——本当に、何も変わらない。

それが、ほっとするようでいて、どこか不安でもあった。

遊は不安にならないのか。その不安をどこに隠しているのか。

そう考えて、光希の心の方が不安定になってしまう。

——聞きたいこと、聞いたらちゃんと答えてくれるだろうか。

学校に向かうバスに揺られながら、遊の横顔を盗み見る。

同じ家から出て、同じ学校に向かうのに、お互い他人のような顔である。光希が家で頑《かたく》なな態度でいるから、遊も距離を保っている感じだ。べたべたされてもどうしようもないのでその距離感はむしろありがたいのだが、こういう微妙な空気感もそれはそれで困る。

「久しぶりね、遊。探したんだよ」

バスを降りたところで、ベンチに座っていた女の子が遊のところに走り寄ってきた。

遊の前で足を止めるなりにこっと笑った彼女は、同性の目から見てもとびきりかわいかった。通りすがりの男子学生も二度見するくらいだからかなりのものだが、遊は少し驚いた様子は見せたものの、大きく表情を変えることはなかった。

「亜梨実《ありみ》」

自然とそう呼びかけて、「久しぶり」とか、「元気?」なんていう短いやり取りをする。

そんな遊に笑顔で答えていた彼女が、ふいに光希に目を留めた。くるっとした大きな瞳が、一度大きくまたたく。

「遊、この人誰?」

「ああ……今一緒に住んでるんだ」

「一緒に?」

一瞬横目に見られて、光希は内心たじろいだ。

が、彼女の方はあまり深く気にしなかったようだ。

「ということはご両親の再婚相手の子ね。よろしく」

と、あっさり受け入れたかと思うと、すぐに遊のとなりにぴたりとついて、「ねえ、遊。新しい連絡先教えて」と、スマホを差し出してくる。

どうも遊は彼女に事情を話していたようだ。「分かった分かった」と、遊もスマホを取り出し、一緒に画面をのぞき始める。

遊の知り合いなんだろう、ということは容易に察しがついた。それに、ただの知り合いじゃないんだろうな、というのも、なんとなく想像がつく。

だって二人の距離が近いから。どれくらい近いかというと——光希がちょっと、居心地の悪さを感じるくらい。

思わず「あの」と声をあげると、そのタイミングでやりとりを終えた亜梨実が、軽やかにスカートの裾《すそ》をひらめかせた。

「じゃーね、遊。あとで連絡するね」

「おう」

短く返事をした遊に手を振って応え、彼女は足取り軽く行ってしまった。

なんだか小さな竜巻が急襲して、去っていったみたいだった。

「今の、カノジョ?」

先に歩き出した遊に追いついて、訊いてみる。

「元カノ」

答えは短く、そっけなかった。

「三か月だけ付き合ってたんだ」

「なんで三か月……?　仲よさげだったのに」

「俺、女の子は苦手なんだよ」

遮《さえぎ》るようにそう言って、遊がそれまでよりも少し足を速めた。

元カノはすっごくかわいくて、転入初日はクラスの女子と大盛りあがりして――それで女の子が苦手って、どういうことだろう。

遅れて歩きながら、光希は首をひねる。

感じのいいイケメンかと思えばわざとらしく腹の立つことをしてきたり、すごく愛想がいいと思ったら急に冷めたことを言ったりして、遊ってときどきよく分からない。

自分の本当の父親が要士じゃない、と言った、あのことが影響しているんだろうか。

いつもにこにこしながら、実は、心の奥底に複雑な感情を隠してる?

根拠もないまま想像だけが広がり、光希の口数は自然と減っていった。

遊もそれからぱたりとしゃべらなくなって、まるで、それぞれが平行線の上を歩いているかのようだった。

三章

スイートスポットでボールをとらえると、気持ちのいい音が空へと跳ねあがる。

銀太《ぎんた》がラケットを振り抜くときはいつもそう。パコーンと爽快《そうかい》な音がする。

放課後、部活の時間である。

ひととおり基礎練習を終えた光希《みき》は、ベンチで汗を拭《ぬぐ》っているところだった。

コートでは銀太がダブルスを組んで練習中で、右に左に駆け回りながら、くり返し快音を響かせている。

と、そこで相手の打った球が大きく枠《わく》を越えて行って、光希はさっと手をあげた。

「わたし拾ってくる」

わりー、ありがとー、という仲間たちの声を背にボールを追いかけていくと、テニスコートを囲うネットの向こうに遊《ゆう》の姿を見つけた。

いろんな部から勧誘を受けていたにもかかわらず、結局帰宅部を選んだ遊である。もう帰るところなんだろう。鞄《かばん》を持っているが……なんだろうか、やけに厚い本を抱えているのが気になる。あまり読書家のイメージはないのだが。

ちょっと離れていたせいか、遊は光希に気づいていなかった。

一瞬声をかけようかな、と思ったけれど、「バイバイ」と言っても家に帰ればいる相手だし、「じゃあね」と言っても「また明日」と言っても違和感しかない。迷っているうちに遊は遠ざかり——急に小走りになった。ふだんあまり見ないような、うれしそうな表情で。

思わずネットに指をかけて食い入るように見ていると、遊が、校門の前で待っていた人に笑いかけたのが見て取れた。相手は、自分たちよりちょっと年上の、男の人だ。きれいめな格好で、大学生のように見える。

遊は彼と親しげにあいさつを交わしあい、肩を並べて歩き出した。

——誰だろ?

光希は知らず知らずのうちにネットを握りしめていた。

クラスメイトに見せるものとも、亜梨実《ありみ》に見せたものとも、家族に見せるものとも違う、自然でリラックスした表情の遊。

あんな遊を見るのははじめてで、ちょっと衝撃である。

「——じゃあ、今日はここまで」

背後で銀太の号令が響き、光希は我に返った。お疲れー、お疲れー、と、声をかけ合いながら片づけを始める部員たちの中に急いで戻って、拾っていたボールをカゴに戻す。

「光希、一緒帰んない？」

ラケットをケースに収めたところで銀太がそう声をかけてきたので、遊のことはひとまず置いておいて、昇降口で待ち合わせる約束をした。銀太とは家が同じ方向なので、登下校で一緒になることも多いのだ。

「そう言えば、家の方はどう？　変わったことないか？」

急いで着替えて校門を出、ひと通り今日の部活の反省をし終えたところで、オレンジ色の自転車を押しながら銀太がそう切り出した。

やや複雑な気分で、光希はうなずく。

「何もないよ。変わらず、二家族全員で一緒に住んでる」

「……あいつも、だよな」

「うん……」

相手は信頼している銀太だ。今さら知られて恥ずかしい、なんてことはないのだが、返事は尻すぼみになった。

同い年の異性と一緒に暮らしてる、なんて、堂々と言えることではないと思う。

「なんかあったら言えよ」

なんとなくうつむいているところに、急に銀太が力強く言った。風船にめいっぱい空気を吹きこむような勢いだったから、光希は「え？」と目をまたたかせる。

「なんか悩みとか、困ったことがあったらさ、言ってくれ。相談乗るから」

自信ありげに言い切ったくせにちょっと照れたような横顔がおかしくて、光希は笑った。

ふわんとあたたかな気持ちが広がる。

「ありがと、銀太。でも……今んとこ意外にうまくいってるんだ。いつの間にか既成事実ができちゃって、悩んでるヒマもなかったって感じで」

もちろん心の整理がついたというわけではない。

だが、光希とは比較にならないいくらい複雑な想いを持っているはずの遊が、ごくふつうに生活をしているのだ。自分だけいつまでも駄々《だだ》をこねているわけにはいかない。小さい子どもではないのだし、表向きだけでも穏便に日々を過ごすことはできる——そう思えるほどにはなった。

「そうか……」

「でも心強いよ、銀太にそう言ってもらえると」

「だろ？」

「うんうん、頼もしい」

そうやってくすくす笑い合ったとき、二人は昔なじみの商店街にさしかかっていた。

小学校にあがるときに文房具を買いそろえた文具店。間口の小さな書店。シャッターが降りてしまった元・お総菜《そうざい》の店。どれも見慣れた店ばかりだ。

「二人でここ通るの、久しぶりだよね」

「だな。古くなったけど、どこも変わんない」

「うんうん」

散歩しているようなゆったりとした気持ちで進んでいるうち、少し先に懐かしい看板が見えた。昔小銭を握っては通っていた、小さな駄菓子《だがし》屋だ。

「うわ、懐かしい！　見て、銀太！　このお菓子！」

光希は軒先《のきさき》に並んだマスカットキャンディを、つい、衝動買いしてしまった。

パフェやパンケーキみたいな華やかさはないが、子どものころに大好きだった思い出の味だ。それこそ、学校帰りにここに寄って、食べながら帰ったことを覚えている。

「おまえ、昔っからこれ好きだったよな」

手元をのぞきこんでくる銀太に、「うん！」と光希は笑った。

「これってさ、マスカット味はキスの味とかいって、テレビでやったよね。でもキスの味ってどんな味だよって、思わない？」

キャンディを日にかざしながら、光希は思い出し笑いをする。

当時誰もがツッコミを入れながら、ちょっと憧れたりもしていたっけ。

「……試してみる？」

ふいに銀太がそう言って、光希は「え」と振り向いた。

「キスがどんな味か。試してみる?」

思いがけず真面目《まじめ》な顔で、銀太は言う。

数秒固まったあとで、なるほど、と、光希は唐突《とうとつ》に理解した。らしくもないことを言って、光希がうろたえるところを見て楽しもうって魂胆《こんたん》だろう。

「いいよ、試してみよっか」

受けて立とうとばかりに軽く答え、光希はぎゅーっと目を閉じた。そのうえアヒルのくちばしのようにちょっとくちびるを突き出してみせたら、ムードも何もない。銀太もすぐに笑い出すだろう。光希はそう思っていた。

が、いつもならとっくに笑い出しているタイミングなのに、銀太は無言だった。おかしいな、と思って瞼《まぶた》を持ちあげると、目と鼻の先にまさかの銀太の顔。

思わず彼の両肩に腕を突き立てる。

「ちょっと!」

「――え。だって今……いいよって」

気が抜けたように目をまたたかせる銀太。

かーっと頭が熱くなる。

「そ、そんなの、冗談に決まってるでしょ!　銀太のバカ!」

叫んで、光希は逃げ出してしまった。

当然だ。当然だと思う。

銀太とはそういうことをする関係じゃない。そういう関係にさせたのは銀太で、光希も長い時間をかけてやっと彼との間にふつうの友情を築けるようになったのだ。

それなのに――キスとか。ありえない！

……それとも、自分が迂闊《うかつ》だった？

光希は、鞄《かばん》を胸に抱きしめ全力で走った。

そうでもしなきゃ、頭がパンクしそうだったのだ。

★

窓から光の帯が伸びていた。

天井が高いその図書館は、平日の放課後だというのに利用者も多くなく、静かな時間が流れている。

遊は、その静けさの中でひとり本に目を落としていた。

高名な建築家・三輪由充《みわよしみつ》の著書で、遊にとって特別な一冊だ。転入してから幾度となく読み返した本なので内容はすでに頭に入っているが、ここに来ると必ず手にとってしまうにしてはならない――遊はそう思っていた。

それは遊にとって特別な本だが、特別だからこそ、他人の目の触れるところでそれを手帰ろう。

女子生徒三人が近くの席を陣取ったところで我に返って、遊はそっと表紙を閉じた。

今日もどれだけの時間を費《つい》やしていただろう。

カバーの袖《そで》に書かれた三輪由充の略歴と、その人の顔写真。

し、表紙を開けば時も忘れて見入ってしまう。


心の中でつぶやいて、本を元の場所に戻すべく書架《しょか》の間を移動する。

建築関係の本は館内でもとりわけ奥の方に固めてあって、いつでも無人だ。

今日も同じだと思いこんでずんずん進んでいると、ふと、狭い書架の間で抱擁《ほうよう》をかわす男女の姿が視界に入って、遊は反射的に身を潜めた。

眉根《まゆね》が寄る。

べつに、彼らが校内のどこにでもいるふつうの彼氏彼女だったら、遊もさして気にせずいただろう。しかしとっさに隠れてしまったのは、男の方がスーツ姿だったからだ。そして、制服を着ている女子生徒が、よく見る顔だったから。

光希とよく一緒にいる、秋月《あきづき》茗子だったからだ。

「……」

遊は、その場から動けなくなってしまった。

距離もあり、本棚《ほんだな》も目隠しになっていたから、二人は遊に気づいていない。声を潜めながらも楽しげに、二言、三言と言葉を交わし、茗子が半分じゃれつくようにしながらくちびるを重ねる。二人の関係が昨日今日始まったものではないと知らせるのに十分な、自然なものだった。

おいおい——と遊が静かなツッコミを入れているなど知る由《よし》もなく、二人はもう一度固く抱き合い、男の方が先に身を引いた。

そこで、遊はようやく彼の正体に気づき、苦い顔をする。

英語教師の名村《なむら》だったのである。

まだまだ若葉マークがいりそうな若い教師だが、おだやかで人当たりもよく、生徒から人気がある。その名村が、ほほえみながら茗子の髪をなで、先に図書館を出て行ったのだ。

幻でも見たような気分だ。一〇秒目を閉じたあと、目を開いて誰もいなくなっていたら、本気でそう思えたかもしれない。

しかし実行してみたところでそこには変わらず茗子がいて、彼女は頰《ほお》を染めながら、いつまでも名村の行った先を目で追っている。

遊はふうとひとつ息をつき、現実を受け入れた。

そのうえで少し考え、目の前の棚にあった一冊を、わざと横に倒した。

ぱたん――という音が、広い空間に浮かんで、消える。

茗子がハッと息を呑《の》んだのが、見ているだけで分かった。

「――見てたの?」

すぐに遊を見つけた茗子は、鬼か悪魔を見たような顔だった。当然だろう。二人にとってこの逢瀬《おうせ》は絶対に見られてはいけないものだったはずだ。

「あれ、英語の先生だよな。名村……だっけ」

「このこと誰にも言わないで!」

食いつくような茗子の声が、高い天井に響き渡る。

いつもの大人びたイメージからは想像もつかないような形相《ぎょうそう》だ。

遊は、静かに問い返した。

「光希は知ってるの?」

「……言ってない」

茗子はうつむき、消え入りそうな声で答える。

なんとなくそんな気はした。

だが、遊は彼女を責めるつもりもなかったし、禁断の恋を咎《とが》めるつもりもない。

「そっか」

と言って、ただゆっくりとその場を離れた。

★

「その後どう？　松浦くんは」

夕方、学校の帰り道にあるオープンカフェである。

茗子に誘われてお茶を飲んでいた光希は、茗子のその妙にあいまいな質問に、ひとまず「べつにー」と答えておいた。

学校にいればクラスメイト。家に帰れば同居人。光希にとって遊はそれ以上でもそれ以下でもないのだが、茗子は何か期待しているのか、「彼、ちょっとミステリアスで魅力的じゃない」なんて、ひそひそ言う。

光希は「うーん」とうなった。

「ミステリアスっていうか……なんかもう、怪しいの域だよ。いつも図書館に入り浸りだし、それに――」

一瞬言いよどんで、でも自分の胸だけにしまっておくのも落ち着かなくて、光希は声を潜めて茗子に明かした。

「実は見ちゃったんだ。遊が男の人といるの」

「男の人？」

「うん。友だちとかじゃないと思う。明らかに年上だったし、こう、親密そうでさ。だから思ったんだよね。……遊ってアッチかも、って……」

「……え……アッチって、まさか」

茗子はぎこちなく笑うが、遊は、あの大学生風の男の人の前でずいぶんリラックスした表情だった。

そのうえかわいい彼女を三か月でフッたというし、女の子が苦手だとも言ったし、遊が「そういう人かも」と思ってしまうのは自然なことだと思う。

もちろん、それが悪いだなんて言わないけれど。

受け入れるまでにはそれなりに時間が必要だと思う。

――と、そんな複雑な心境を包み隠さず話すと、茗子はなぜかホッとしたように肩から力を抜いていた。

なんだろう、この反応。

べつに、これまで茗子が遊に異性として興味を持っているような感じはしなかったのだけど。

不思議に思いながらカップを口に運んでいると、テーブル脇に近づいてくる人影があった。

あ、と、思わず声をあげそうになった。

テーブルサイドでじっと光希を見下ろしていたのは、遊の元カノ・亜梨実だったのだ。

「ちょっと話があるんだけど」

ろくにあいさつもしないうちに、亜梨実は胸の前で腕を組んだ。

改めて見ても、かわいいな、と思う。けれどその口調には鋭いトゲを感じて、「なんですか」と返事をする光希も自然と身体《からだ》が固くなる。

茗子が、興味深そうに視線を行き来させているのもかまわず、亜梨実はまっすぐに光希を見据えて言った。

「ハッキリさせておいた方がいいと思って」

「何をですか？」

「わたしがまだ遊を好きだってこと」

真正面から殴《なぐ》りかかるような口ぶりに、光希は少なからずムッとした。

「そんなこと、わたしには関係ありません」

遊はクラスメイトで同居人。誰に好かれていたって光希には関係ない。関係ないはずだ。

しかし亜梨実にとってはそうではないのか、ますます声を尖らせて、

「いい？　遊は、どんなかわいい子に言い寄られても落ちないって有名だったの。それをわたしが落としたの」

「じゃあなんで別れたんですか」

亜梨実の突っかかるような言い方が気に障《さわ》って、つい、揚《あ》げ足を取るように訊いてしまった。

亜梨実が少し怯《ひる》んだようにあごを引く。

「遊は他人に心を開かないところがある。でも、三か月……とにかく三か月付き合ってみようって提案したの。三か月後にはやっぱり付き合えないって言われたけど……」

小さくため息をついた彼女は、しかし「でも」とすぐに顔をあげた。

「付き合ったのは事実。わたしの中ではまだ終わってない。だから邪魔しないで」

亜梨実は一方的にそう言ったあと、サッときびすを返し、行ってしまった。

「……なに、あれ」

茗子が目をぱちくりとさせるが、光希も首を傾《かし》げるだけでせいいっぱいだ。

そんなつもりはぜんぜんないのに、彼女には光希が邪魔な存在に見えたんだろうか。

茗子と別れて家に帰る道すがら、光希はしきりに首をひねっていた。

遊が好きだというならただ彼を想っていればいいのに、どうして宣戦布告のような真似《まね》をしたのだろう。

光希にとって遊はクラスメイトであり、同居人で――そりゃあイケメンだと思うし、気まずくなるよりはほどよく仲良くやっていきたいとは思っているけれど――亜梨実のように落ちないものを落としたからどうだこうだなんて、考えもしない。クレーンゲームの景品じゃあるまいし。

でも、亜梨実に言われたことを思い出すとだんだん腹立たしさを覚えてくるのも事実で、それはそれでどうしてそんな気持ちになるのか、自分で自分が不思議になる。

「ただいまー」

疑問が解消しないまま、家についてしまった。

鍵《かぎ》は開いていたのに返事はなく、「あれ？」と思いながら通学用のローファーを靴箱《くつばこ》へ。いつもなら部屋に直行するところだけれど、いちおうリビングをのぞいてみようと廊下《ろうか》を進んでいると、お風呂場に続くドアが急に開いて、熱を含んだ空気がふんわりと光希を包んだ。

「おかえり」

顔を出したのは、遊だった。シャワーでも浴びていたのか濡れた髪にタオルを引っかけているが――上半身、裸だ。

ボン、と、光希の中で何かが弾けた。

「やだ！　人んちでそんなカッコして歩き回んないでよ！」

「ここ、俺んちでもあるんだけど」

遊の言うことはまったくその通りだったけれど、光希は磁石《じしやく》が反発するように、バタバタと階段を駆けあがった。逃げるように自分の部屋に飛びこむと、心臓が怖いくらい速いリズムを刻んでいるから驚く。

もっとも、いつかはこんなことがあるだろうと覚悟はしていたけれど。

そんな準備なんて何の役にも立たなかった。顔が熱い。

また、亜梨実にあんなことを言われたばかりだからタイミングが悪い。

変に意識してしまいそうだ。

ダメダメ。違う違う。そんなんではない。

ひとりで首を振って、すーはー、すーはー、深呼吸をくり返す。

そうして充分に心を落ち着け、着替えをすませて一階に降りると、キッチンの方からクリーミーな香りが漂ってきた。

今日の料理は母のだろうか。それとも千弥子《ちやこ》のだろうか。

期待しながらキッチンをのぞくと、コンロの前で鍋《なべ》をかき回していたのは、意外にも遊だった。

「……あれ？　ほかのみんなは？」

「遅くなるってさ」

「あ、そうなんだ……」

なんとなく小さくなりながら遊のとなりに回りこむと、大鍋の中でホワイトシチューがぐつぐつ音を立てていた。

いいにおいだ。それに、真っ赤な人参《にんじん》や黄色いカボチャ、緑のブロッコリーも入っていて、見た目もあざやか。思わず「おいしそう」とつぶやくと、遊はうれしそうに目元を和《なご》ませた。

「得意なんだ、ホワイトシチュー。……お腹すいてる？」

「すいてます」

いいにおいに誘われて、おなかの虫が鳴きだしそうである。

「じゃ、先に食べるか」

「うん。お皿出すね」

平たいスープ皿にしようか、それともボウル型にしようか。

食器棚《しょっきだな》の前で迷っているうち、フランスパンを切り始めた遊から「ジャムも取って」と指示があった。

「ジャム……っていうか、これしかないよ？」

手に触れたのは、使いかけのママレードだ。

「いいよ、それで」

遊はそう言うが、ふたを開ける前からほのかに柑橘《かんきつ》系のにおいがして、光希はちょっとだけ顔をしかめる。

「ママレードってあんまり好きじゃないんだよね。苦いんだもん、皮のとこ」

「ぜいたく言うなよ」

すげなく返され、光希は口をつぐんだ。

ちょっといい印象を持てたと思ったらすぐこれだ。

料理できるなんてすごーい、とか、たまには純粋に感動してみたいのに。

「……ねえ。遊ってさぁ」

「ん？」

二人で向き合って食卓に着き、「いただきます」のあいさつと、期待以上においしいシチューにひそかに熱いため息をついたそのあとで、

「なんかあれだね。ママレードみたいだよね」

ママレードの瓶《びん》と遊を交互に見ながら、光希はしみじみとそう言った。

「本当はすっごく苦いとこあるのに、みんなうわべの甘さにだまされて気づいてないの。ママレード・ボーイだよ」

遊がシチューをすくうスプーンを止め、じっと光希の目を見返してきた。

少しくらい顔をしかめるかと思いきや、満面の笑みである。

「じゃあ、光希はピリピリ辛《から》いばっかのマスタード・ガールだな」

――ほら、こういうところが「苦い」のだ。

光希は足の小指をぶつけたかのように片目をつぶり、でもなんだかちょっとおかしくな

って、

「なにそれ。もっとかわいいのにしてよー」

抗議しながらも、笑ってしまった。つられるように遊も笑いだしたら、食卓がふわりと軽い空気に包まれる。

出会ったその日から衝突しているのだ、どちらもお互いの短所はとっくに分かっている。それでも今、こうして笑いあえているところが、少し不思議で、なぜか少し、うれしく感じる光希である。

四章

その日、テニス部では他校のチームを迎えての試合が行われていた。

試合といっても練習試合で、記録に残るようなものではないが、それでもテニスコートの周りには多くの生徒が集まって、声援を送っている。

もちろん、光希《みき》もその中のひとりだ。

女子の練習試合は早々と終わってしまい、今は男子のダブルスの練習試合が行われているところ。チームメイトの動きに機敏に反応して声を張る。

「ナイスショット！　いいよいいよ、その調子！」

と、そんなふうに熱くなっていると、ふと、ベンチの裏の方でなにやら揉《も》めているような二人組に目がいった。銀太《ぎんた》と、チームメイトの近藤《こんどう》だ。次に組んで試合に出るはずの二人で、身体《からだ》を温めていなければいけないはずなのに、二人ともそれどころではない様子だ。

「どうしたの。もうすぐ試合でしょ」

気になって駆け寄ると、銀太は光希に目を留め大きく肩を下げた。

「さっきのウォームアップで近藤が足くじいたんだ。ダブルス組む相手がいないんだよ」

最悪だよ……と肩を落とす近藤は、足をつくのもつらいのか、ベンチに手を突いて軽く膝を浮かしている状態だ。すぐに他の部員に付き添いを頼んで保健室に行かせたが、アイシング程度の応急処置で試合に戻れるようには見えない。

「クソ。今日の試合、出たかったのに」

銀太ががしがしと頭をかいた。

「わたしじゃ無理だよね」

「混合じゃないからな」

「だよね……」

うつむく銀太につられて、光希も下を向いた。

せっかく組まれた練習試合に参加できないなんて、部活熱心な銀太にとってはさぞ悔《くや》しいことだろう。できれば試合をさせてあげたいが、他の男子部員に無理をさせるわけにもいかない。

何かいい方法ないかな……。

考えを巡らせているうちに、ひらめいた。

「ちょっと待ってて!」

光希はそう言い置いて、たっと駆けだした。

　ポニーテールを跳ねさせながら向かったのは図書館で、厳《おごそ》かなくらいの静寂に包まれた館内をそっとのぞくと、思った通り、ひとりで本を読んでいる遊《ゆう》の姿を見つける。

「遊！」

　思わず笑顔になって、光希はまっすぐ彼の元に駆け寄った。

「なに？」

　答えた遊は、テニスウェアの光希に少し面食らったようだ。クールな反応のように見えて、実はまばたきの数がいつもの倍以上に増えている。

　光希は机に手を突き、身を乗り出した。

「遊、これから時間ある？」

「あるけど、どうして？」

「前の学校でテニス部にいたんだよね」

「ああ」

「県大会で一年生で優勝」

「そう」

「それもダブルスで」

「俺はシングルス」

「えぇぇー」

のぼり階段の最後でつまずいたような気分で、光希は顔をしかめた。が、すぐに「まあいいか」と思い直し、何事かと首を傾《かし》げる遊にとびきりにっこり笑いかけた。

「15《フィフティーン》−0《ラブ》!」

審判の声が高らかと響き、観戦している生徒たちからわあっと歓声があがった。

場所は戻ってテニスコートである。

不意のアクシデントでこの練習試合には参加できないかと思われていた銀太が、今、コートの中で観衆の注目を浴びている。

遊のおかげだ。

彼が、光希のSOSを聞き入れ、急遽助っ人《きゅうきょすけっと》として参加してくれたのである。

「遊、ナイス!」

光希は声をあげた。

いきなりウェアを着せてコートに引っ張ってきてしまったのに、遊はライン際ギリギリに決まる絶妙なサーブを打って見せたのだ。

さすが、一年生にして県大会で優勝しただけある。サーブが決まった瞬間は、光希も、一緒に見ていた茗子《めいこ》も思わず両手を組み合わせていた。

コートの中で一緒に戦っている銀太も、遊の実力に驚いているようだ。もちろん、相手チームも。「ただの練習試合」からいっきに空気が引きしまるのが分かる。

再び遊が構えた。

ラケットが空を切る音がし、ボールが快音を響かせた直後、コーナーギリギリに目の覚めるようなサーブが決まる。

「30《サーティ》－0《ラブ》！」

判定と同時に、きゃーっと、コートサイドに黄色い声が飛び交った。

前の試合までは観客のほとんどが部員の友人関係ばかりだったが、いつの間にか――おそらく遊目当てだと思われる――女の子たちがたくさん集まっていて、常にないほどにぎやかだ。

遊が構えると、それだけでコート脇はざわつき、期待が高まる。

銀太がちらっと光希たちの方を見た。外野がうるさくて気が散るのかもしれないけれど、立て続けにあんなあざやかなサーブを見せられたら、見ている側のテンションがあがっちゃうのは仕方がない。

遊の手からボールが離れた瞬間、光希は無意識のうちに胸いっぱい息を吸いこんでいた。

正確にとらえられ、まっすぐに相手コートに飛んでいく球。すぐに返され、銀太の方に飛んでいったが、彼は迷わず打ち返す。

いいスイングだった。

抜けた。

だが、ボールは惜しくもラインを越えてしまい、観衆のため息の中で銀太の肩から力が

「ドンマイ。次は返していこう」

顔を曇らせる銀太に遊がひと声かけ、またサーブを打つ。リターンを、名誉挽回《めいよばんかい》といわんばかりに銀太が拾いに行った。

だが、ボールの軌道からいえば遊が守るべきところだった。銀太は無理な体勢でやっと打ち返す格好になり、そんなふうだから球はネットにかかり、コートをコロコロ転がった。

「ちくしょう!」

銀太が、地面にたたきつけんばかりの勢いでラケットを振り、遊がかすかに眉《まゆ》を寄せた。

保健室から戻ってきていた近藤も、

「完全に力んでんな。おい! 銀太! 力むな!」

と、もどかしそうに叫ぶ。

光希も心配になってくる。

あんな荒っぽいプレー、銀太らしくないのだ。

やっぱりギャラリーが集中力を乱しているんだろうか。

それとも慣れない相手と組んでいるから勝手が悪い?

光希がモヤモヤしている間も、試合は続いていく。

遊のプレーは一貫して安定している。もともと実力があるとはいえ、しばらく現役《げんえき》から離れていたことを思うと、できすぎなくらい動きがいい。

だが、反対に銀太の動きが固いままだ。どんどん相手方に得点が加わり、一方的な試合になってくる。

「フォールト！」

銀太のサーブが決まらず、コート脇にさざ波のような失望の声が漂った。先ほどまであれほど盛りあがっていたのに、もう応援の声も聞こえてこない。

銀太も自身の不調を見て見ぬ振りできないのだろう、くちびるをかんでいて、そんな姿を見ていると、光希の方もいたたまれなくなる。

本当の銀太はこんなふうではないのだ。

いつも一生懸命で、でも、楽しそうで――。

「――銀太！　何やってんの！」

つい、そんな言葉が口をついた。

銀太がハッとしたように光希を見る。

「いつもみたいに、かっこよくスマッシュ決めてよ！」

周りに見られていることもいとわず、光希は叫ぶ。

練習試合だとしても、実力を出し切れずに終わるなんて悔しいと思うのだ。

自分のことでも、チームメイトのことでも、それは同じ。

何でもいいから、切り替えるきっかけになればと思った。

銀太は、ラケットの先を下げて光希を見つめていた。

どこか思い詰めたような表情。

少し言い方がきつかっただろうか。

もしかして逆効果だった？

不安に駆られているうち、銀太が審判にブレークを申し立て、一度コートから出てきた。

いい判断かもしれない。

しかし、銀太は汗を拭《ぬぐ》うわけでもなく、給水するわけでもなく、なぜか光希の前に立って、

「光希。この試合に勝ったら、俺と付き合ってくれ」

いきなりそんなことを言う。

試合中と変わりない、真剣な顔で。

一瞬きょとんとした光希は、なぜかとっさに遊の方を見てしまった。

彼は、驚いたそぶりも、ちゃかすそぶりもなく、ただ光希のことを見ている。

急に恥ずかしくなって、光希は遊からも、銀太からも目をそらし、

「なに、言ってんの、こんな時に……」

「分かってる。一回ふったくせにって思ってるんだろ」

「そうだよ。それもみんなの前で。わたしのことなんか、なんとも思ってないって……」

苦い思い出がよみがえる。

中二のころの出来事だ。

ずっと仲がよかった銀太を急に意識し始めて、「好き」と思ったら止まらなくなって、毎日毎日銀太のことばかり考えて。

思いあまって書いたラブレターを、あろうことか男子のグループの前で回し読みされたうえ、言われたのだ、「なんとも思ってない」と。

当時はひどく傷ついて、何度も泣いた。

それまでどおりの友だち関係に戻るまで、数え切れないくらいの痛みを我慢して――今でも、あのときのことを思い出すと苦い気持ちになる。

それなのに――。

「あれは違うんだ」

遠ざかる人を呼び戻すかのように、銀太が語気を強めた。

「違う、って?」

「あのころ、おまえはクラスの男子にけっこう人気があって、抜け駆けするなって、俺、周りから釘さされてたんだ。だから、約束した手前、ひっこみがつかなくて……」

いつしか、ラケットを握る手も、そうでない手も、きつく握りしめられていた。

「あのときちゃんと、おまえが好きだって言えばよかった」

ストレートな言葉に、背筋が伸びるような思いがする。

「……銀太……」

小さく笑って応えた銀太は、シューズの底をザッと鳴らしてコートに駆け戻った。

持ち場に戻り、手の中で何度かグリップを回転させ、ぎゅっと握り直したときには、彼の目に先ほどとは違う強い光が宿っているように見えた。

試合が再開されると、なおのことそう感じた。

銀太は、それまでとは別人かと思うほど自分のペースを取り戻していたのだ。

力のこもったサーブはラインギリギリに決まり、相手側から打ちこまれた球もいいところに返し、自分が守るべきところと遊に任せるべきところの判断も、的確になった。

あまりの変貌《へんぼう》ぶりにコートサイドも驚き、茗子も「すごい……」と口に手を当てて感心しているが、光希は――もちろんチームメイトとして試合展開が好転するのはうれしいが――一〇〇パーセント喜びきれない、いや、喜んでいいのか分からない、複雑な心境だった。

このまま盛り返して二人が勝ったら――銀太と付き合うの？　本当に？

考え始めるとわけが分からなくなりそうで、光希は逃げるように遊の方に視点を定めた。

遊は、冷静だ。

銀太があんな突飛《とっぴ》なことを言い出したというのに、顔色も変えず、銀太が飛び方を覚えた鳥のようにぐんぐんと調子をあげていくのに、うまく合わせている。

思えば両親の離婚・再婚騒動のときもあまり動じていなかった遊だ。

そして実の父親が別にいるということも、受け止めている。

すごいな、と思う。

彼は、大人だ。

——そんなふうに、光希がちょっと違うことを考えている間にも、試合はどんどん進んでいった。

銀太と遊は前半の遅れを取り戻すように、丁寧《ていねい》に、かつ確実に点を重ね、あっという間に三セットを連取。マッチポイントを迎えた。

コート脇の盛りあがりは最高潮。

ボールがコートを行き来するたびに声があがり——最後、銀太が打ったボールがライン際に決まったその瞬間、爆発するような歓声がわき起こった。

前半で苦戦しただけにその逆転劇はあざやかで、

「勝った勝った！」

と、ふだん落ち着いている茗子さえも興奮して光希に抱きついてくる。

「松浦《まつうら》、ありがとう」

相手チームとのあいさつを終えた銀太が、遊に向き直り、その手を取って握手をした。

「このままうちの部に入って、一緒に大会目指そう」

「これが最後だよ」

クールに言った遊は、ラケットを返し、コートをあとにした。

「残念だな……」

わずかに肩を落とした銀太は、しかしすぐに気を取り直したようだ。光希の方に振り向いた、かと思うと足早に歩み寄ってきて、なんの前触れもなく光希を抱きしめた。

「！」

驚きのあまり、身体《からだ》がすくむ。

すぐに周囲から冷やかすような声があがり、光希は逃げ出したい衝動に駆られたが、周辺にあふれる勝利の歓喜がそれを許してくれそうにない。

ちょっと待って……と言うに言えない雰囲気《ふんいき》の中、光希は視線をただよわせた。遠くに遊の姿が見えた。

遊も光希のことを見ていた。

目が合うとなぜかふっとやさしい微笑を浮かべ、こちらに背を向け、去って行こうとする。

「遊——」

とっさに、光希は追いかけようとした。

なぜかは分からない。そのまま遊が消えてしまいそうな気がした。

しかしそのとき、視界の端、コートの中で、相手校の選手が悔《くや》しそうに地面にボールを打ち付けているのを光希は見た。そして、その選手の手から勢いあまってラケットがすり抜けたことも。

そして、そのラケットがまっすぐ自分の方に飛んでくるのも——。

「光希！」

そのとき、ガツン、と、強い衝撃に襲われたのは確かだった。

銀太が飛び出し、光希をかばった。

だが、勢いあまって二人とも地面に倒れこみ、ガツンと強い衝撃に襲われる。

「光希、大丈夫⁉」

茗子の悲鳴のような声が響く。銀太も肩を揺すってきた。

しかし、光希はどちらにも応えることができなかった。

急に遠くに吸い寄せられるような感覚がして、そのまま意識を失ってしまったのである。

★

目を覚ますと、ベッドの中にいた。

明るい光が射しこむ窓辺からふわりと風が吹きこむと、ベージュのカーテンがわずかに揺れ、消毒液のにおいがするのに気がつく。

保健室だなあ……とぼんやり思いながら、光希は額に手を当てた。

不運にもラケットの直撃を受けそうになったことは覚えている。

間一髪《かんいっぱつ》のところで危機を避けられたことも覚えているし、そのまま卒倒しちゃったんだろうな、ということも、うすうす想像はできた。

ふつうに考えたらびっくりするような状況だが、身体は意外に何ともなかった。倒れたときにぶつけたのか、多少肩に違和感はあるものの深刻な痛みではないのだ。養護教諭の先生も留守にしているし、身体の方はたいしたことはないのだろう。

むしろ、あれくらいの衝撃であっけなく意識を失う方が大ごとであるような気がする。

——自分ってあんがいやわだったのかな。

ふう、と深呼吸しながら寝返りを打っていると、すりガラス越しに廊下《ろうか》を歩く男子生徒の姿が目に入った。サッと緊張する間に保健室の前で足音が止まり、ノブが回る音がする。

「光希？」

遊の声だ、と察して、光希はとっさにまっすぐな体勢に戻って寝たふりをした。

遊とは、ちゃんと向き合うつもりでいる。

練習試合に引っ張り出したことも、その途中でおかしな展開になったことも、こんな事態になったことも。ひとつずつきちんと話すつもりだが、目が覚めたばかりではまともに頭が回らない気がした。

とりあえずここはいったんやり過ごして、家に帰ってからちゃんと話そう。そうしよう。よし――と改めて狸寝入《たぬきねい》りを決めこむことにすると、静かな足音が近づいてきて、ベッドサイドで止まった。しかし、彼は声をかけてこない。寝ていると思って気を遣ったのだろう。沈黙の中、窓の外、遠いところから野球部のかけ声が聞こえてくる。

ふと顔に影が差したような気がした。

と、思ったら、くちびるにやわらかな感触があって、光希は反射的に目を開けた。

心臓が跳ねあがった。

鼻先が触れるほどの至近距離に、遊の顔があったから――いや違う。もう触れていたからだ。くちびる同士が、確かに。

光希は息を詰め、ぎゅっと目を閉じた。そうする以外、どうしていいか分からなかった。

遊も瞼をおろしていたから、このまま寝たふりをしていれば気づかないはずだ。

早く行って――早く！

次第に鼓動が速まるのを感じて、光希は心の中で必死に祈った。

このままじゃ、寝たふりもばれてしまいそうだ。

ばれたら――それこそどうしていいか分からない。

ふ、と、羽毛が舞うように空気が動いたのが分かり、閉じた瞼の向こう側が明るくなった。くちびるの感触ももうなく、来たときと同じ、寝たものを起こさないように充分気遣ったような足音が、ゆっくりと遠ざかっていく。

やがて保健室のドアが開き、静かに閉じられた。

瞬間、光希はバッと布団をめくって起きあがる。

――なに、今の。

ひとりっきりの保健室。風が吹きこみカーテンが揺れ、急に、血が巡りだしたかのように全身が熱くなる。

光希は顔を覆《おお》った。指先に触れる頬《ほお》が熱かった。

だって――改めて考えるまでもない。あれってキスだ。

どうして遊が？　なんで？　どうして？

混乱して、ますます鼓動が早くなる。

と、そこで再び保健室の前で足音が止まって、光希は思わず布団をかぶって再び寝たふりの体勢に入った。

「――光希？」

今度は銀太だ。足早にベッドに近づいてきて、光希が無反応でいても「ありがとう」と、彼はやわらかい毛布をかけるように言う。

リアクションなんかできっこない。

光希は先ほど以上の切実さで「早く行って」と祈るばかりだ。

「何してるの、銀太。男子禁制よ」

いつの間にか茗子も来ていたようだ。戸口の方から声がして、銀太が言い訳するような早口で、「顔見に来ただけだよ」と答えた。

ふふ、と、茗子が笑う。

「大丈夫よ。わたしがついてるから。打ち所は心配ないって、ただびっくりしたからって」

「うん……そうか。じゃあ、あと頼む」

「ええ」

銀太の足音が遠ざかるのを待って、光希はようやく薄目を開けた。気づいた茗子が「大丈夫？」と顔をのぞきこんできて、光希はつい今起きたかのような顔をして、静かにほほえみ、うなずいた。

まだ、頬の熱は引いていないような気がした。

★

今日はいろいろあり過ぎて、考えなくてはいけないことばかりだ。

家に帰ってからも、どこから手をつければいいのか見当もつかなくて、気づけばため息ばかりついている。

日が暮れかけていて、部屋の中は薄暗くなりつつあった。

でも電気をつける気になれなかったのは、何度も同じ映像が頭の中でくり返されるからだ。

まぶしい光の中、目と鼻の先で見た遊の顔——。

あああああ……と、声にならない悲鳴をあげながら、空気が抜けた風船のようにくたりとベッドにもたれ掛かる。

家に帰ってから、遊とは顔を合わせた。言葉も交わした。助《すけ》っ人《と》ありがとう、と声をかけたら、おう、と返されて、それだけだった。

あのキスの理由はぜんぜん分からなかった。その影さえ見せてくれなかった。

ホント、なんだったの……。

ベッドに顔を伏せ、もう何度目とも知れないため息をつくと、ポケットの中でスマホが鳴り始めた。見ると、画面には「銀太」の文字がある。

その瞬間肩が跳ねてしまったのは、なぜだろう。

すぐに通話ボタンを押せばいいのにそれもできなくて、光希はスマホを鳴らしっぱなしにしたままそっと窓辺に身を寄せた。

門の脇に、スマホを耳に当てながら家を見回している銀太の姿が見える。

光希は、思わずカーテンの陰に引っこんだ。すると、

「行ってあげたら？」

ふいに遊の声がして、光希はまたも肩を跳ねあげる。髪を揺らして振り返れば、いつの間に現れたのか、遊が戸口にたたずんでいるではないか。

「付き合ってくれとは言ったけど、光希の答え聞いてないから。答えが欲しいんじゃない？」

彼は自分の部屋から銀太の姿を確認していたのだろうか、光希のとなりに立ち、窓の外を眺めながらそんなことを言った。

光希は、壁にぴったりと背をつけ、小さく首を振る。

「行けないよ。なんて言っていいか分かんない」

「行かないんだ？　せっかくがんばって勝ったのに」

「遊には関係ないでしょ」

つい声が尖ってしまった。

遊ががんばってくれたのは確かだが、それとこれとは話が別だ。

光希は遊の肩を押しやった。

「人のことに口挟まないでよ。自分の部屋に帰って」

「はいはい」

人のことを怒らせておいて、遊は飄々《ひょうひょう》と部屋を出ていく。

スマホはいつしか鳴り止んでいた。

それにホッとするような、それでいて焦るような気持ちで、すっかり暗転した画面を見つめる。すると、まるでスライドショーでも見ているみたいに、自然と今日一日の出来事が順に思い出されていく。

練習試合、突然の告白、よく分からないままの、キス。

しばらくぐるぐる考えていたが、考えたら考えただけ分からなくなって、光希は家を飛び出した。そのまま考えていたら、出口のない迷宮に入りこんでしまいそうで。

「――銀太！」

光希が追いついたとき、銀太はすでに家の前から少し離れていた。

自転車があるのに乗らずに押したまま、らしくもなく背中を丸めていたけれど、光希の声が届くなり勢いよく振り返り、ホッとしたように笑う。

駆け寄りながら、光希も笑みを返した。

けれど、銀太と同じように笑えている気はしない。

「ごめん。わたし銀太の気持ちには応えられない」

銀太の目の前に立ち、光希はひと息に言った。一度ウジウジしてしまったら永遠に切り出せないと思ったのだ。

銀太の顔が強《こわ》ばり、のどの尖《とん》りがゆっくりと上下するのが分かる。

光希を見つめたままぶれない視線に、「なんで」と、問われているような気がして、光希は一歩一歩足元を確かめるように言葉を重ねる。

「もう、昔のままのわたしじゃないんだ」

確かに昔は銀太に恋をした。小さいことに飛びあがるほど喜んで、一緒にいることが楽しくてたまらなかった。

でも、今は友だちで、クラスメイトで、チームメイト。

そう変わったのだ。

努力して、やっとそこまで行きついたのだ。

「……ほかに好きなヤツ、いるの？」

銀太が、聞いたこともないくらいか細い声でたずねてきた。いつも太陽みたいに笑っている顔はひどく緊張していて、光希の心にも影を落としてくる。

そうじゃなくて……と、光希は小さく首を振った。

「……自分でも、よく分からないの」

自分で言っていて、ぜんぜん答えになっていないと思う。

でも、聞こえのいい言葉を並べて誤魔化《ごまか》すのは、もっと「違う」と思う。

自分の心がどこに向いているか、何を望んでいるかもあいまいな中で、唯一はっきりしていることだったから伝えられたのかもしれない。

——銀太の気持ちには応えられない、と。

銀太が、耐えかねたように抱きしめてきた。

練習試合のあとと同じようで、まったく違う抱きしめ方。

「俺は、ずっとおまえが好きだった」

二度目の告白も、あのときと同じようでぜんぜん違う。

短い息継ぎのあとで銀太は続けた。

「昔あんなことがあって、なんかおかしくなって、今やっとふつうに話せるようになって、それでいいやって——それでもいいやって、思ってた。でも——」

「——ごめん」

徐々に熱を帯びていく言葉と力強さの増す両腕。

光希は、どちらも遮《さえぎ》ってしまった。

「……ごめん……」

そっと胸を押し返すと、銀太の肩から力が抜けたのが見て取れる。

光希が彼に恋していたころ、同じくらいの高さにあったはずの肩。今はずいぶん高いところにあり、ずいぶんがっしりした。

ふいに泣きたくなってきた。

何も悪いことはしていないと思う。

けれどこみあげてくるのは罪悪感にほかならなくて、光希の胸を無遠慮《ぶえんりょ》にぎゅっとしめつけてくる。

黙っているうち、唐突《とうとつ》に頭上の街灯がついた。

薄闇の中で降ってくる白い光は、なぜか妙に光希を寂しくした。

五章

季節は冬に差しかかろうとしていた。

マフラーや手袋はまだいらないものの、風は冷たく、じっとしていると身体《からだ》が芯まで冷えてしまいそうで、光希《みき》は家を出るなり少し早足で学校へ向かった。

遊《ゆう》も、いつもどおり、同じ時間に家を出、同じバス停で同じバスを待った。降りるバス停ももちろん同じだ。でもつかず離れず、会話もない。それも、いつものことだった。同居生活が始まって季節がひとつ通り過ぎたが、家でも学校でも、彼との距離感はあまり変わっていないのだ。

しかし、教室に入った瞬間違和感を覚えて、光希は遊ともども入り口で立ち止まった。

クラス全体が——男女問わずざわついているこの状況、なんだろう。

なんとなく遊と目を見交わしながら席まで移動しようとすると、「光希、大変！」と、香奈《かな》が飛んできた。

「名村《なむら》先生と茗子《めいこ》が付き合ってるって」

「え？」

「茗子が、朝、名村先生のアパートから出てくるとこをうちの生徒が見ちゃって。PTAで大問題になって、今、二人とも校長室に呼び出されて！」

香奈のあとをついてきた百合香《ゆりか》にそうまくし立てられ、光希は絶句した。

そんな光希を見て、声をかけてきた二人もサッと表情をかげらせる。

「……光希、もしかして茗子たちのこと、知らなかった？」

返事ができないことが答えだった。

名村先生と茗子が付き合ってた？

知らない。聞いたこともない。そんなそぶりさえ見せられていない。

毎日一緒にいるのに。ずっと友だちなのに。

茗子が、先生と――なんて、考えもしない。

光希は、まるで自分の周りの空間だけが切り取られたように、ひとり呆然《ぼうぜん》としていた。

そんな光希を、遊が追い越していく。

他のクラスメイトたちのようにざわつくこともなく、普段どおりに自分の席に荷物を下ろす、クールな彼。

光希は、そんな彼を見て我に返り、教室を飛び出した。

――茗子が先生と、って、本当なの？

──どうして言ってくれなかったの？

ペンキを好き勝手にまき散らすかのように、様々な想いが胸を汚していく。

けれどそれ以上に「茗子は大丈夫なの？」という懸念《けねん》が大きくて、光希の脚をどんどん動かしていく。

息が切れ始めたころ、前方に校長室が見えてきた。ちょうどドアが開いて、神妙な顔をした茗子と、名村先生が戸口で一礼するところだ。

「茗子！」

廊下《ろうか》いっぱいに響く声で彼女を呼ぶと、茗子は花が風に揺れるように振り向いた。

光希を見る彼女の顔には、どんな表情も見えない。

「先に行ってる」

「はい」

先生と茗子が短いやり取りをして、先生だけが廊下の向こうへ行ってしまった。

残った茗子は光希の方を向いたが、目は合わなかった。

「自宅謹慎《きんしん》だって」

そう言って、彼女は先生のあとを追うように歩き出す。

光希は、息も整わないまま茗子の手をつかんだ。

「なんで言ってくれなかったの、なんでそんな、大事なこと！」

光希の声が空気を震わせる。

「……なんでかな」

茗子が少しだけほほえんだ。

足元を見つめながら、薄くくちびるを開き、わずかに首を傾《かし》げて、

「光希にわたしの悩みなんか言っても、分かってくれなさそうな気がした」

「そんなことないよ！　わたしたち友だちじゃん！　親友じゃん！」

「だから、そういうところよ」

静かにそう返されて、光希はハッと息を詰めた。

毎日光希のかたわらでほほえんでくれる自慢の友だちが、今、感情をなくしたかのような顔で光希を見ている。

「気持ちを全部さらけ出して甘えあうのが親友？　……わたしはそう思わない」

——じゃあね、と、短く言い残して、茗子は光希に背を向けた。

一歩一歩、迷いのない足取りで遠ざかる、親友だったはずの彼女。

光希はそんな彼女の背中を、呆然として見つめることしかできなかった。

★

教師と生徒の禁断の恋。

ドラマや小説でしか起こりえないような刺激的な話は、一日と待たずに学校中に知れ渡った。

中にはわざわざクラスをのぞきに来る人もいたし、無人になった茗子の席を指さしながらひそひそ話をする人もいた。

光希も、噂《うわさ》の的《まと》である茗子と仲がいいこともあって、いろんな人から話を聞かれた。

何も知らなかったからそう答えたが、答えるたびに胸が痛んだ。

――あんなに一緒にいて知らなかったの？

ストレートに言われるのも、そういう空気を出されるのも、光希にとってはしんどかった。

話してもらえなかった理由が理由だったからよけいに苦しくて、放課後は部活もパスして家に帰り、暗くなるまでずっと部屋でぼんやりしていた。

視界の先には机の前に飾った茗子との写真の数々があり、そこに写るどの笑顔も光希の胸をぎゅっとしめつけてくる。

この笑顔は、作り物だったんだろうか。

茗子にとって自分は、秘密を打ち明けられるほど信頼に足りる存在ではなかったのか……。

そんなふうについつい後ろ向きになってしまって、涙ぐんでしまう。

と、そのとき、部屋のドアが控えめにノックされた。

「ご飯ならいらないから」

机に顔を伏せてそう返すと、

「光希。わたし」

茗子の声がして、光希は弾かれたように顔をあげた。

しかし、今、戸口に飛んでいってドアを開ける勇気はない。あんな風に言われたばかりで、どんな顔をして会えばいいのだ。

「……ごめんなさい。顔、見ないほうが話しやすいんだ。ドアは開けてくれなくていいから。そのままで聞いて」

ドア越しでくぐもって聞こえる茗子の声。

「昼間は冷たいこと言ってごめんね。わたし、光希のこと、大好きだよ」

茗子は落ち着いていた。そこまでは。

「でもね、どんなに好きでも——自分の心の中のこと、全部はさらけ出せない。わたしはそういう性格なの。自分の心のドロドロを見せて、光希に嫌われたくないって、どっかで思っちゃうんだよね」

無理やり感情を抑えこむような声にたまらなくなって、光希は思わずドアに駆け寄った。

「わたしは茗子のこと嫌ったりしない！」

「……ありがとう」

扉一枚隔《へだ》てていながら茗子がほほえんでいるのが分かるのは、たぶん、これまで彼女と多くの時間を過ごしてきたおかげだろう。

深呼吸するのが聞こえ、茗子は決意したように話し出す。

「うちはね、両親の仲が悪くて、でもそれを隠して、表面だけはうまくやってるように見せてる家なの。わたし、ときどきそれが息苦しくてたまらなくて……名村先生は、わたしの逃げ場になってくれた」

ポツン、ポツンと、閉めきっていない蛇口《じゃぐち》から水が落ちるような、寂しげな口調。

「……ドア、開けていい？」

光希はたずねる。

こんなに苦しい告白を、ひとりきりでさせるのはしのびなかった。

けれど、茗子は「待って」と光希を制し、

「もうひとつだけ伝えたいことがあるの」

「……なに？」

慎重にたずね返したのは、なんとなくいい予感がしなかったからかも知れない。

言葉の続きを聞くのが怖くて、ドアノブに掛けていた手も引っこめて、でも、茗子はそんな光希に気づかないまま、言うのだ。

「先生、教師を辞めて広島に帰って、実家の不動産業を手伝うって言ってるの。――わたし、あとを追うつもり」

「茗子……！」

「光希の顔見ると決心が鈍っちゃうから、見ないでいくね。じゃあね。元気でね」

止める間もなく、ぱたぱたぱたぱた……と、茗子が駆け去る足音が響いた。

じゃあね。元気でね。

とても短い別れのあいさつは、ひどく早口で、それでいて、涙の気配を消し切れていなかった。

廊下がしんと静まり返る。

光希は、決心と躊躇《ちゅうちょ》を何度かくり返して、やっと細くドアを開けた。当たり前だが、茗子はもういなかった。代わりに、いつからいたのだろう。遊が、彼の部屋のドアに背中を預けるようにして立っていた。

「……遊」

「見送りに行けよ」

話も聞いていたようだ。遊は階段の方に向けて軽くあごを振ったが、光希はうつむいてしまった。

「……茗子が嫌がるかも」

「なんで。あいつだってホントは勇気づけてもらいたいはずだよ。おまえのほかに味方はいないだろうし」

遊のその、茗子の肩を持つような言い方が光希の中で少し引っかかった。

「……遊。もしかして知ってたの？」

「え？」

「茗子と、先生のこと」

半分にらむようにして問いただすと、遊は目をそらし、

「……一回だけ、彼女と先生が図書館で会ってるのを見たことがある」

「なんで教えてくれなかったの！」

「彼女に口止めされた」

言い訳は、至極《しごく》もっともなものだった。

教師と生徒の禁断の恋――誰が相手でも秘密にしてほしいと頼むだろう。

光希は肩を落とした。

「……やっぱり茗子に信用されてないんだね、わたしって」

「そうじゃなくて。どんなに親しくても、他人にむやみに触って欲しくない心の場所がある。そういうもんじゃない？」

そうだろうか。

光希はどちらかというと隠し事ができなくて、何でもオープンにしてしまいがちだ。でも、世界は自分と同じような人間ばかりでできているわけではない——ということくらいは知っている。

茗子も自分と同じではない。違っていてもおかしくない。考え方も、人との付き合い方も。

「親友だろ」

遊にやさしく背中をたたかれ、光希はゆっくりと階段を下り始め、玄関に向かう頃には早足になり、道路に出たら走り始めた。

昼間はお互い冷静じゃなくて、変なこじれ方をしてしまったけれど、今、茗子は光希のことを大好きだと言ってくれた。それが嘘ではないことは、これまで彼女と過ごしたたくさんの時間が証明してくれる。

光希も同じだ。今まで茗子と過ごした時間の全部を理由にして、彼女のことが大好きだと断言できる。

そんな気持ちを彼女に伝えたくて、光希の脚はどんどん回転を速めていった。

駅に着く頃には、もうすっかり暗くなっていた。

まだ電車は出ていないだろうか。

焦る気持ちを荒い息とともに呑《の》みこみ、ホームに続く階段を駆け下りると、行き交う人たちの肩の向こうに固く抱き合う名村先生と茗子の姿を見つけ、光希は足を止めた。

間に合ったようだ。

安堵《あんど》するも、それ以上二人に近づく勇気が出なかった。

どちらも学校で見慣れた二人なのに、そうして寄り添っているだけで知らない人たちのように思えたのだ。足元に二つ並んだボストンバッグも、日常からかけ離れていてまるで現実味がない。

このまま茗子は、行ってしまうんだろうか。

自分は、その現実をどう受け止めればいいんだろうか。

立ち尽くす光希は、先に身体《からだ》を離した先生が、茗子に向かって何かを語り始めたことに気づいた。

騒々しいホームでは二人の会話はとても聞こえてこないが、先生は授業中にもそうであるように、真剣な顔で、丁寧《ていねい》に何か伝えている。

茗子は、それに傷ついたような顔をして、わがままを言う子どもみたいに首を振った。大きな瞳からは涙もこぼれていた。

二人の間でどんなやりとりがされたのだろう。

発車のベルが鳴ると、先生は茗子の肩を軽く押しやり単身電車に乗りこんだ。

光希があっと思ったときにはドアが閉まり、電車が轟音《ごうおん》をあげて走り始める。

茗子が、少しだけそのあとを追った。が、電車が残していった強烈な風に襲われると、茗子は一瞬ふらつき、その場で立ち止まった。

電車が完全に見えなくなり、つい数秒前の喧騒《けんそう》が嘘のように静まり返る。

空《から》っぽになったホームを前に、茗子の身体から力が抜けるのが分かった。

どれだけの時間そうしていただろう。

電車の向かう先を見つめ、立ち尽くしていた茗子は、ゆっくりと光希のいる方に振り返った。彼女の頬《ほお》は涙で濡れていた。

「茗子」

光希はたまらず彼女に駆け寄った。

光希の姿を認めた彼女が、顔をくしゃりとゆがませる。

「先生、キミはここに残れって。俺と一緒に広島に行っても、不幸になるだけだって」

声を震わせながら、彼女は言う。

顔を覆《おお》って、大きくしゃくりあげて、

「わたしは、先生なしじゃ幸せになれないのに……！」

茗子は、光希が聞いたこともないような声で心の叫びを言葉にし、最後には光希にすがりついてきた。

光希は、こみあげる自分自身の感情ごと、彼女のことを抱きしめた。

気の利《き》いた言葉なんて何も浮かばなかった。

ただ、彼女の涙が止まるまで、そばにいることしかできなかった。

★

茗子の謹慎《きんしん》期間は、意外に早く終わった。

今日が復帰の日だ。

先に学校に着いた光希が自分の席で鞄《かばん》から机の中へと荷物を移動していると、ふいに、朝のざわついた教室が水を打ったように静まりかえる。

茗子が登校してきたところだった。

張りつめたような静けさの中、あちこちから茗子に視線が集まり、ひそひそ話が始まる。

決していい印象のしない小さな笑い声も起こって、茗子は表向きふつうでいながらも、やはりどこか居心地悪そうに自分の席につき、目を伏せた。

光希は、椅子《いす》を蹴倒《けたお》さんばかりの勢いで自席を離れ、茗子の元に飛んでいった。

そして「おはよ」と声をかけようとした瞬間、目の前に立った男子生徒に邪魔をされた。

銀太《ぎんた》である。

彼はクラス中の注目を浴びながら、茗子の真正面でノートを差しだし、

「ほら、これ休んでた間のノート。貸してやるから、あとでなんかおごれよ。コンビニのアイスでいいや。あ、それか購買部のあんパン。どっちがいいかなぁ」

そんなふうに言いながら、にっと歯を見せて笑う。

茗子が少しほっとしたように肩を下げた。

「どっちがいいの？」

「うーん。じゃ、あんパンで。よろしくな」

「うん。……ありがとう」

ノートを受け取った茗子は、早速表紙を開いて目を通し始めた。

光希は、席に戻った銀太を追いかけ、笑いかける。

「ありがと、銀太」

「何がだよ」

むすっとして、銀太は返す。

あの、遊が飛び入りした練習試合以来、銀太とは前のように気楽な関係ではなくなっているが、それでも、こうして茗子に気遣いを見せるところは銀太らしいと思う。

そしてそんな銀太に苦笑しつつ彼の元から離れたとき、ふいに目が合った遊も。

興味がないふりをして、一応茗子のことを心配していてくれるらしかった。

その日、光希は一日中茗子にべったりだった。

周りの好奇の目から茗子を守りたい気持ちもあったけれど、謹慎期間中に会えずにいた時間を丸ごととり返したいくらい、一緒にいたいという気持ちがあったのだ。

そしてそれは放課後も同じで、茗子が荷物をまとめて教室を出た直後、光希も鞄をひっつかんで茗子を追いかけた。気にしないようにしていたが、後ろからそれとなく銀太と遊もついてきている。

「大丈夫だよ、そんなに気にしなくて」

アヒルの行列みたいな光希たちに、茗子は眉根《まゆね》を寄せて笑ったが、光希はぶんと首を横に振って譲《ゆず》らなかった。

「今日は一緒に帰る」

「でも、部活は？」

「いい」

頑固に言って、一緒に昇降口から外に出た。

噂《うわさ》はクラスどころか校内に知れ渡っていて、茗子は行き交う生徒のほとんど全員に見られていた。誰からもいい感情は持たれていなかったと思うけれど、校門を出たところでひと息ついた茗子は、少し、晴れやかな顔をしていた。

「わたしね、なんか、離れてても好きな人がいる、ってだけでもしあわせだなって思えたんだよね」

大切にしていた恋がもろく崩れて、わずか数日である。

茗子がそんなふうに自分の想いを語れることが、光希には驚きだった。

「やっぱり茗子って大人」

「そうでもないよ」

茗子はやわらかくほほえみ、言う。

でも、今日一日平穏な心持ちではいられなかったはずなのに、そういう表情ができるところが大人なのだ。

光希は頭をかいた。

「わたし、ダメだなー。なんかいつまでも子どもで、親離れできないし……」

「いいの、光希はこのままで」

「なんでー！　茗子ばっかりずるいよ！」

すましたように言う茗子がすっかりいつもの茗子で、光希は声高に反論した。

二人で笑いあったら、ちょっと前にケンカしたことなんか嘘みたいで、そんな二人を後ろで見ていた遊や銀太も、おかしそうに笑っていた。

六章

その日、小石川《こいしかわ》家・松浦《まつうら》家の前には、黒い車が一台停まっていた。

トランクには大きなスーツケースが載せられ、後部座席に千弥子《ちやこ》と父が、前には母と要《よう》士《じ》が乗りこんでいる。

四人ともよそ行きの服装で、それでいて、四人ともしあわせそうな笑顔だった。

「じゃあね、行ってくるね」

声を弾ませる四人に、笑顔で手を振るのは遊《ゆう》だ。光希《みき》は庭に面したテラスで頬杖《ほおづえ》をついたまま、楽しげな四人を見守るだけ。

車がエンジンを吹かし、走り出す。

光希は車が見えなくなるまでいちおう手を振って、黒い車体が角の向こうに消えた瞬間、糸が切れたように腕をだらんとさせた。

「……役所に届け出して、その足で新婚旅行ってお気楽だよな」

近所の公園のブランコを揺らしながら、光希は遊の言葉に「そうだね」とうなずいた。

両親たちを見送って、そのまま家に戻る気になれずに散歩に出たところだ。

普段は子どもたちのにぎやかな声があふれている公園だが、今は二人の貸し切り状態。

ブランコの鎖がきしむ音が、寂しくあたりに響き渡る。

「……なに、まだ吹っ切れてなかったの？　再婚のこと」

口数の少ない光希の横顔を、遊がのぞきこんでくる。

光希は浅くうなずいた。

「今日からママが籍を抜けて、わたしはパパと千弥子さんの籍に入るんだなぁと思って。形だけかもしれないけど、ママとはもう家族じゃないんだよね」

両親たちは、それぞれ新しいパートナーとの婚姻届を出したのだ。

離婚が成立した時点で——いやもう、このめちゃくちゃな共同生活が始まった時点ですべてが分かっていたこととはいえ、元の形が完全に壊れてしまったと思うと気持ちは揺れる。

まさに今乗っているブランコと同じだ。

今さら大きく揺れるわけではないが、凪《な》いでいるわけでもない。

そうしてゆるやかな動きに身を任せていると、遠い記憶がよみがえってくる。

「懐かしいなぁ。昔から公園で、よくパパとママにブランコ押してもらったんだよね。かわりばんこに」

ひたっていると、となりでブランコを揺らしていた遊が急に立ちあがった。何をするのかと思えば、急に光希の後ろに回って、ぐんと光希の背中を押して、かと思えば自分も光希の後ろに飛び乗って、ブランコを大きく揺らし始めたではないか。

「ちょっと、なに、いきなり！」

驚きながらも必死に鎖を掴《つか》む光希に、遊は楽しそうに笑い、さらに大きく漕《こ》ぎだした。

二人で乗っているせいで右にぶれ、左にぶれ、めちゃくちゃな動きをするブランコ。遊園地のアトラクションにでも乗っているみたいだ。怖いのになんか楽しくて、きゃあきゃあ悲鳴をあげてしまう。

「ちょっとー、やめてよ、もー！」

笑いながら遊の脚を叩くと、「はいはい」と、彼はブランコから飛び降りた。

ちょっと叫んですっきりしてしまった光希は、もうぜんぜん彼を怒れない。むしろ顔を見合わせ笑ってしまう。

「あのさ、俺たちもう子どもじゃないんだよ。いいかげん人は人、自分は自分って割り切らないとさ」

遊が言い、光希の頭上で手のひらを弾ませた。

「大人になれよ」

やたら余裕な態度がにくらしい。

光希は、ふくれた。

「なんか腹立つー。やっぱり遊は遊だね」

「慰めてもらえるとか思ったの？　甘いね」

「そういうとこムカつくの！」

強気に言い返したものの、どんなに憎らしいこと言われても、最後には遊の見せる笑顔で誤魔化《ごまか》されてしまう自分がいるから癪《しゃく》だ。

今だって、ほんの少しのやりとりでちょっと心が軽くなっている。

それが、うれしいやら悔《くや》しいやらで足元の小石を蹴っていると、ふと、公園の出口に車が一台停まったことに気づいた。

なんとなく目を引かれていると、若い男性が運転席から降りてくる。

あ、と思った光希は、とっさに横を――遊を見ていた。彼も同じように車の方を見ていて、まるで吸い寄せられるようにそちらに向かって歩き始めたからだ。

「遊、どこ行くの」

追いかける光希に、遊は何も答えなかった。やや表情が硬く見えて、光希は遊の肩越しに車の持ち主を見る。

その人は、いつか学校にも現れた人だったのだ。大学生っぽい雰囲気《ふんいき》の、遊とやけに親しげだった人……。

「どうする、遊？　来る？　来ない？」

「ちょっと待ってください」

彼に急《せ》かされた遊が、光希の方に向き直った。何か言いよどむような間を置いて、遊は深刻そうにこう切り出してくる。

「このこと、父さんたちには言わないでくれるかな」

「……やっぱり」

光希は確信を持ってつぶやいた。

「やっぱりってなんだよ」

遊がヘンな顔をしたが、みなまで言うなとばかり、光希はうなずいてみせる。

「いいよ。分かったよ。人を好きになる気持ちは、男とか女とか、関係ないよね」

少し早口になりながら、光希は精いっぱいの言葉をかけた。

遊に向けた言葉だが、自分に向けた部分もあった。

同性が好きでも異性が好きでも、遊は遊だ。茗子《めいこ》と名村《なむら》先生のことが発覚したときと同じで、最初は驚いても時間をかければ受け入れられる。

「……何言ってんの」

遊がきょとんとして問い返してきた。

光希は、訳知り顔で遊とその傍《かたわ》らに立つ青年に素早く目を走らせる。

「だから、そういう関係なんでしょ？　違うの？」

「ああ……そういうこと」

いっきに脱力した遊が、車の鍵《かぎ》を手の中でもてあそぶ青年と目を合わせた。二人とも、なぜか苦笑いしている。

「……そういうことなら、まだ良かったんだけどな」

「え？」

話がつかめず、光希が二人の間で視線を行き来させると、年上の彼が年上らしく、落ち着いて説明してくれた。

「――僕の父が、遊の本当の父親だと思うんだ」

★

その人は、名を三輪悟史《みわさとし》といった。父親は三輪由充《よしみつ》といって、有名な建築家らしい。

遊とともに悟史が運転する車に乗りこみ、遊が見せてくれたスマホの画面で三輪由充のプロフィールと顔写真を確認したが、彼の輝かしい経歴は何度も画面をスクロールしなければ見終わらないほどたくさんあって、平凡な高校生をひどく萎縮《いしゆく》させる。

「遊のお母さんの千弥子さんは、若い頃、父の秘書をしていたんだよ」

ルームミラー越しに悟史と目が合った。気を遣われたのだろう。彼は緊張をほぐすようなやわらかな口調だった。

光希はあいまいな笑みを返した。

遊が自分は要士の実子ではないと告白してきたときも衝撃は受けたが、本当の父親の存在が明らかになると、なんとなくぼんやりしていたものが急に輪郭《りんかく》を持って迫ってくるようで、少し怖い。

悟史は視線を前に戻し、話を続けた。

「僕はね、偶然若いときの母の日記を見てしまったんだ。そこに、千弥子さんと父が不倫《ふりん》の関係にあるって、千弥子さんは父の子を妊娠《にんしん》しているって書いてあって……自分に弟がいるなら、放っておけないと思ったんだ」

「弟……」

くり返しながら、遊の横顔を盗み見る。

何を思っているんだろう。彼の顔には取り立てて表情もなく、そう言えば、車に乗ってからまともに口を開いていない。

「僕は千弥子さんの履歴書《りれきしょ》から遊を探し出したんだ。前から遊に接触してはいたけど、事実をはっきりさせたくて。父がドイツから戻るのを待って今日になったわけなんだけど……大丈夫かい、遊？」

再びミラー越しに悟史の目が向く。

「今なら大丈夫な気がします」

遊は、覚悟を決めたかのようにしっかりとそう答えた。

車は、建築家の邸宅らしい、しゃれたデザインの家の前で停車した。夏空に映えそうな白い壁や、きれいなくびれのある柱なんかは、まるでリゾートホテルのようである。が、広いガレージから家の正面に移動すると、どっしりした門に確かに『三輪』の表札が出されている。

「どうぞ、あがって」

悟史に勧められるまま、遊とともに家にあがらせてもらった。

繊細《せんさい》な問題だということは分かっているから、本当は遠慮《えんりょ》すべきだったかも知れない。だが、簡単な問題ではないからこそ、遊をひとりで行かせるのは気が進まなかったし、遊も光希に来るなとは言わなかった。

広い窓から海が一望できるなんとも贅沢《ぜいたく》な応接室に案内されると、三輪由充はすでに遊たちを待っていた。

さすが世界的に有名な建築家というべきか、街なかで見かける同年代のサラリーマンと比べると、別格、といった雰囲気がある。着ているものにも気を遣っているのが分かり、軽く会釈《えしゃく》するだけで華のある人だという印象を与える。

なぜ遊たちが招かれているのか、事前に悟史が話を通していたのだろう、彼の方に驚きや戸惑いは見られず、表面上は落ち着いて出迎えてくれたように見えた。

「いらっしゃい。どうぞ、座って」

「ありがとうございます……」

そんなふうに互いにあいさつをし、簡単に自己紹介をし、お茶が運ばれてきたあとで、一瞬沈黙が生まれた。すかさず、遊が前のめり気味に切り出す。

「実は僕、亡くなった祖母が父宛《あて》に出した古い手紙を偶然見つけてしまいました。前の恋人との赤ちゃんがおなかにいる女性と結婚して、本当にうまくやっていけるのか。その子どもを……妻を、愛し続けていけるのか。おまえがしあわせになれるか心配だ――そういう内容でした」

光希の脳裏《のうり》に、要士の笑顔と千弥子の笑顔が順に浮かぶ。

二人とも――多少突飛《とっぴ》で楽観的なところのある人たちではあるけれど――遊にも光希にもよくしてくれる人たちだから、少しも悪い感情はわいてこない。遊の手紙の話を聞いたところで印象が変わることはないし、それは遊も同じなのだろう。両親を非難するような口調ではなく、淡々と事実を述べている。

「母さんの日記に書いてあることとも一致するんだ」

悟史が静かに言い添え、続いて遊が、強固な扉を押し開けるように投げかけた。

「あなたは、僕の父親なんですか」

一瞬空気が張り詰めたような気がして、光希は、膝の上できつく手を握りしめた。答えが何であっても、知るのは怖い。光希でもそうなのだ。遊も、一見普段どおりのように見えて、複雑な感情を押しこめているに違いない。

身じろぎするのもはばかられるような長い長い沈黙のあとで、三輪由充はかすかなため息をついた。

「その前の恋人が、私、と……。キミたちは大変な誤解をしているようだね」

ふと表情をゆるめた由充は、目を瞠《みは》る遊と光希に、やさしくほほえみかけた。

「松浦くん、気の毒だがキミの父親探しの答えは私じゃない。別の人だよ」

たちまち遊の横顔に影が差した。

「父さん！　見苦しいよ、今さらしらばっくれるなよ」

悟史がひとり熱をあげるが、由充は静かにかぶりを振り、

「若いころにやんちゃして母さんを悲しませたことは認めるよ。でも、千弥子さんのことは……本当に、母さんの誤解なんだ」

「なんだよ、それ……」

なおも納得がいかない様子の悟史を手で制し、由充は長い吐息とともにソファに深く沈みこんだ。そして遠くにあるものをたぐり寄せるかのように、

「千弥子さんは魅力的な女性だった。何度か食事に誘ったのは確かだが……いつも断られたんだよ。学生時代からつきあっている恋人がいると言われてね。それがキミのお父さんだと思ってたんだが……」

由充の目が再び遊を捉えた。

「思い切ってご両親に訊いてみたらどうかな」

「できません」

遊は周りをハッとさせる勢いで即答する。

「……気まずくなりたくないんです。訊けません……」

そう言って、ついには下を向いた。

光希もうつむいた。

今、遊のことを見てはいけないような気がした。

出会ったころからずっと——両親の離婚劇に巻きこまれていてなお飄々《ひょうひょう》としていて、大人びたところがあった彼が、今、はじめて年相応の男の子に見えたからかもしれない。

★

送っていくよ、という悟史の申し出を断って、帰りは遊と一緒に歩いた。

駅までか、バス停までか――いやそれ以前に何に乗れば家にたどり着くかもあいまいなまま、それでも遊が先に先に歩いていくので光希は何も言わずについていった。

きっと彼の中には様々な感情があって、でも、外側からどんな言葉をかけても決して救いにはならないのだ。

潮の香りがする。

海が近いことに気がついたのか、遊は、風の強い方に歩いていく。すぐに海端《うみばた》に行き着いた。外出するのにコートが必要な季節なのでひとけはないが、そこはもともと景色を眺めるために整備された場所なのだろう。海に向かって丸くせり出すように展望スペースが作られていて、真ん中に植わっている木を囲うようにベンチもしつらえてあった。

遊は、力のない足取りでそこにたどり着くと、沈むようにベンチに腰を下ろした。

何もかもが重そうだった。

引きずるようにしていた足も、抱えた頭も、こぼれるため息も。

光希は、少し離れたところからそんな彼を見ているほかない。

沖から吹く風が容赦《ようしゃ》なく髪をかき乱した。冷たい風だ。

二人とも黙って、ただその風に吹かれるばかり。

日が傾き始めていて、水平線がオレンジ色に変わり始めている。

「……そろそろ帰ろうよ、遊」

「……先帰って」

遊は遠くに現れては消える波を見つめたままだ。放っておいたらいつまでもそうしていそうで、光希は彼の視界に割りこむように首を伸ばした。

「風が冷たくなってきたよ。カゼひいちゃうよ」

またひときわ強い風が吹き、前髪がバラバラに額に散らばった。

「そういやちょっと寒いな」

「そういやって……」

乱れた髪を押さえた光希の指は、もう芯まで冷えている。

その手を、ふいにとられた。

「あっためてくれる?」

「え?」

訊き返した瞬間、遊に強く抱きしめられていた。

「……俺、父さんのホントの子どもじゃないって知ったとき、正直、ショックだった。自分は生まれてくるべきじゃなかったのかなって」

一瞬で全身を駆け巡った動揺《どうよう》が、遊の言葉で鞭《むち》を打ったように鎮《しず》まっていく。

「ひとりで苦しんだ。家族なんていらないって、なにもかもが嫌になって、テニスもやめた」

でも——と、先を続ける遊の声は、少し震えているような気がした。

「中絶しないで産んでくれた母さんにも、俺を育ててくれた父さんにも、感謝しなきゃ、って、思うようになった……」

ザン、と、大きな波の音が割りこんでくる。風が吹いてくる。

「それからは人を信じるのが怖くなった。信じてもいつか裏切られる。誰かを好きになっても、その気持ちはいつか変わっちゃうかもしれない。そう思うと、素直になれない。どうでもいいやって思うようになった」

だんだん泣きたくなってくる。

遊が自暴自棄になるのは当たり前。

そんな心境になりながらも、最終的に両親への気持ちを改められたのは、誰でもできることではないと思う。

屈折した想いを抱えながら周りにそれを気づかせないのも、遊の強さだ。

それが分かるから、たまらなくなる。

「……どうでもよくない」

今度は、光希が遊を抱きしめる番だった。

「わたしたちがいるじゃない。家族が、ちゃんといるじゃない。そりゃちょっとふつうとは違って変な家族だけど。でも……血なんかつながってなくたって、要士さんもパパもママも、わたしも、もちろん千弥子さんも、みんな遊のこと愛してる。大事な家族だって思ってるんだよ」

言葉のひとつひとつを——気持ちを全部そそぎこむように、強く、強く抱きしめる。

言いたいことが伝わるかどうかは分からない。

それで遊の気持ちが救われるかどうかも分からない。

でも、聞いてほしかった。知っていてほしかった。

「……そうだな」

腕の中で、遊が少し笑う気配がした。

「光希はホント、最初に会ったときから泣いたり笑ったり、騒がしくて——でも素直で。こんな子と、ずっと一緒にいれたらいいなって思ったよ」

顔をあげた遊からは、切迫した感じが消えていた。

遊がやわらかく笑う顔は好きだ。ふわっと身体《からだ》が軽くなる気がする。

「ねえ、遊。いつか保健室で、わたしにキスしたよね」

ふいに訊きたくなったのは、どうしてだろう。

「したよ」

答えた遊が悪びれもしないから、あのときの疑問も素直に口にできる。

「どうして?」

「光希が好きだから」

それはとても大切な言葉だと思うのに、ためらいも、恥じらいもせずに、遊は言った。目も逸《そ》らさなかった。

だから光希も彼を見つめ返した。

「わたしも、遊が好きだよ」

冷たい風に吹かれながら、遊が片眉《かたまゆ》をあげる。

「ムードに流されてテキトーなこと言うなよ」

「違うよ！　ホントに、好きなの」

ちょっとムキになってしまったけれど、その気持ちに嘘はないと自信を持って言える。

銀太《ぎんた》に告白されたときは戸惑いばかりが先に立ったのに、今はすごく楽な気持ちなのだ。

あんがい、大事な言葉ほどためらいも恥じらいもなく言えてしまうものなのかもしれない。

「わたしは遊を信じるよ。だから遊もわたしを信じて。ね？」

笑いかけると、鏡に映したように遊も笑った。

ふと真顔に戻った遊の指先が、頰《ほお》に触れる。冷たい手。

「……くちびる青ざめてる。すっかり冷えちゃって……俺のせいだな。ごめんな」

ぬくもりを分けるように頰を包まれ、まるでそうすることが当たり前のように、ゆっくりとくちびるを重ねる。

睫毛《まつげ》が触れそうなところで目が合うと、なんでかふふっと、笑ってしまった。ぎゅうっと全力で抱きついたらよけいにおかしくなって、二人でくっつきあったまま、いつまでもくすくす笑っていた。

動揺ばかりが胸を支配したはじめてのキスのときとはぜんぜん違う、それはとてもおだやかで、楽しい時間だった。

七章

常識外れの離婚劇に、六人での同居、そして親同士の再婚。

最初は嫌でたまらなかったこの共同生活も、気づけばすっかりなじんでいた。

なじむどころか、今ではありがたいと思えるほどだ。

このちょっとおかしな家族のおかげで、光希《みき》はそれまで知らなかったしあわせを毎日——朝も、夜も、噛《か》みしめていられる。

両親たちが大人だけでお酒を愉《たの》しんでいても、やたら盛りあがっていても、休日にそれぞれがデートに出かけたりなんかしても、もう疎外《そがい》感は感じない。

——遊《ゆう》がいるから。

ソファに並んでテレビを見ているときも、慌ただしい朝食の合間にふっと目が合う瞬間も、光希にとっては特別な時間だ。

「……ねえ光希ちゃん、もしかして好きな人できた？」

急に千弥子《ちやこ》にたずねられて、光希はうっかり食器を取り落としそうになった。夕食後、無意識に鼻歌を歌いながら食器を洗っていたときのことである。

「えっ……」

驚きながらも顔のゆるみを止められないままでいると、皿を拭いていた千弥子が「違った？」と首を傾《かし》げる。

「なんだかとってもイキイキしてるから、てっきりそうかと思ったんだけど」

「イキイキ……してるように見えます？」

「うん、なんとなく。きれいになったし」

二人きりのキッチンなのに、千弥子はなぜか楽しい秘密を共有するみたいに声を潜め、光希もつられてエへと笑った。

「実はいます。好きな人」

「そっかぁ。いいねー」

まるで自分のことみたいに喜んで、それまでより力強く皿を拭き始めた千弥子。

その「好きな人」が自分の息子だなんて露《つゆ》とも思っていないだろう。ヒヤヒヤするような、むず痒《がゆ》いような気持ちが足元からのぼってきて、光希は誤魔化《ごまか》すように皿を洗う手に力をこめる。

「そうだ。お化粧《けしよう》の仕方教えてあげようか」

食器をしまい終えたところで、千弥子がぱっと顔を輝かせた。

えっ……と、光希は正直驚いてしまったが、そう言えば、父もたまに遊と一緒になってゲームに熱中していることがある。そんなとき、ちょっとおかしな形とはいえ、同性の子どもができるってうれしいことなのかもしれないと思ったものだ。

千弥子も似たようなものなのかもしれない。

「じゃあ、ちょっとだけ」

光希は少しためらいながらもうなずいて、遊びに誘う少女のような千弥子に、いそいそとついていった。

部屋に招かれ、勧められるままドレッサーの前に座ると、千弥子はコスメボックスから次々とメイク道具を出し、鏡の前に並べた。

いちおうどれも名称は分かるし、使い方も分かる。でも、知っていることとうまくできることは別だ。千弥子に身を任せ、なされるまま、自分の顔が少しずつ変化していくのを観察する。

スポンジが顔をなで、ブラシが躍り、ビューラーがキュッと睫毛を持ちあげる。

「んーってやって」

口紅を塗られたあと、千弥子が見せたお手本どおりに上下のくちびるをすりあわせると、道具を置いた千弥子は「すごくかわいい」と手放しで光希を褒《ほ》めた。

そうかなぁ……と、そわそわしながら改めて鏡に目を向ける。

そこにいる自分は、確かに、いつもと違って少し大人びて見える。いい感じ、と思うけれど、少しくすぐったい。

ポン、と両肩を叩かれ、鏡越しに千弥子が笑いかけてきた。

「若いときは二度と返ってこないからね。思いっきり恋したらいいよ。ひと目なんか気にしないで」

「はい……！」

光希は大きくうなずいた。

母とは違う、大人の女性にそう励《はげ》まされると、なんだか自分までもが大人になったような気がした。


——そうして光希が小さな殻《から》を破ろうとしていたころ、遊もまた、それまでの自分から変わろうとしていた。

半端な気持ちで付き合ってしまっていた亜梨実《ありみ》を公園に呼び出し、光希とのことを話したのだ。

亜梨実は、理解してくれた。

「そっか。遊っていつも他人と深く関わるのをためらってた感じがするけど……ようやく本音でぶつかれる相手に出会ったんだね」

「これからは変わりたいと思ってる。光希のおかげだ」

きっと聞きたくないだろうに、亜梨実はきちんと遊の想いを聞き、「分かった」とうなずいてくれた。「それがわたしじゃないのが残念だけど」と、横顔でつけ加えても、悲しい顔はしないし、嫌な顔もしない。

「ねえ。最後に一個だけお願い聞いて」

ベンチから立ち上がった亜梨実は、さっぱりした顔でそうねだってきた。「なに?」とたずねると、彼女はすっと両腕を広げてはにかんで、

「ぎゅってして」

まるで幼児のように笑った。

そういう言い方をしたのは、彼女なりの気遣いだろう。

遊は小さく笑って、彼女のわがままを受け入れた。

最後のハグは、子ども同士のじゃれあいみたいに短いものだった。

★

メイクを教わった日から、光希と千弥子は年の離れた友だちみたいになっていた。

ドレッサーくらいいつでも使って、という太っ腹な千弥子に甘えてときどき鏡の前に座

らせてもらっていて、今も、掃除機《そうじき》をかけるついでにドレッサーの前に座り、千弥子が使う化粧品のにおいにほんのり包まれて、大人の気分を味わっている。

「やっぱり千弥子さんてセンスいいよねー」

光希は、背後にいる遊に声をかけた。

「そう？」

光希を探してここに入りこんだ遊は、そっけない返事だ。

男の子じゃ興味もないだろうが、千弥子のアクセサリースタンドに掛けてあるふだん使いのネックレスやブレスレットは、どれも品があってすごく素敵だと光希は思う。

「このネックレスもすっごくかわいい。ねえ？」

「うーん、どうかな。光希はもう少しシンプルなのが似合うと思うよ」

手に取ったのは好きなデザインのものだったが、遊の評価はいまいちだ。アクセにしろ服にしろ、好きなものと似合うものは必ずしも一致しないものだが、そうはっきり言われるとちょっと悲しい。

「じゃあ、たとえばどれとかがよさそう？」

気を取り直して、光希はスタンドにかかったアクセサリーを左から順に指さししてみた。

すると、

「……これとか」

いつの間にか、遊が指先に小さなペーパーバッグをつるしていた。

驚いた。

もらったことはないけど、分かるのだ。

そういう小さな紙袋には、たいていアクセサリーの箱が入っている——。

「え？　え？　なに、これ」

戸惑う光希に、遊は、

「プレゼント」

とあっさり言って、光希の手にペーパーバッグを持たせた。はあっと、変に気の抜けた声が出た。

「プレゼントって。今日、なんかの記念日だっけ？」

「俺たちが出会ってちょうど半年目」

まるで何でもないことのように彼は言う。

一瞬で胸がいっぱいになった。

半年前の松浦《まつうら》一家との対面の日は、不幸の始まりだと思っていたのに。

こんな喜びが待っているなんて、誰が想像しただろう。

うわ、うわ、と感動の声を止められないまま、小箱に結ばれたリボンをとく。

ふたを開けると、白いクッションの中にブレスレットがうずもれていた。ブレスレットだ。小さなパールと細い鎖がつながった、シンプルだがかわいいもの。

「うわ、かわいい……かわいい!」

「だろ?」

遊が背後から手を伸ばし、光希の手首につけてくれた。

きら、と、控えめに光を反射する、繊細《せんさい》なブレスレット。

光希は、いくらかそれに釘づけになったあと、信じられない思いで遊の顔を仰《あお》いだ。

「ありがと……ありがと、遊」

ちょっと気を抜くと涙ぐみそうで、光希は笑った。

「どーいたしまして」

ちょっと茶化したように言いながら、遊がやわらかなまなざしを向けてくる。

ふわりと舞い降りるような静けさ。

見つめ合い、大きな手で頰《ほお》に触れられると自然としあわせな予感がして、光希はそっと目を閉じた――が、急に玄関の鍵《かぎ》が回った音がして、バチッと火が爆《は》ぜるような勢いでまぶたを跳ねあげる。

「ただいまー」

「私もただいまー。さっきコンビニで千弥子さんとばったり会って、一緒にアイス買ってきたわよー。光希ー、遊くーん?」

——千弥子と母だ。

察するなり、光希も遊もあたふたした。

ここは千弥子たちの寝室で、子ども二人にはなんの用事もない部屋。いや、光希ひとりなら言い訳が立っても、遊が一緒だと説明がつかない。

足音が近づいてくる。

ここは玄関から見えるところだ、今さら外には出られず、最後の手段とばかり、二人してクローゼットの中に飛びこむ。

当たり前だが、窮屈《きゅうくつ》である。

どんなに身体《からだ》を小さくしても、どんなに遊とくっついていても、ちょっと動いただけで物音を立ててしまいそうで、冷や冷やする。

「二人ともまだ帰ってないんじゃない？　あー、疲れた」

千弥子が、廊下《ろうか》にいる母とそんな話をしながら部屋に入ってきて、さっきまで光希が座っていたドレッサーの前に座り、アクセサリーを順に外し始めた。

光希も遊も心臓がバクバクいっていたが——千弥子はまったく気づいていないようだ。

暗いクローゼットの中、たくさんぶら下がったジャケットやスカートの下で、光希も、遊も、ひっそりと安堵《あんど》の息をつく。

お互いに目を合わせて苦笑いすると、ふいにさっきの空振《からぶ》りを思い出して欲張りな気分になって、光希は遊を見あげて瞳を閉じた。

しあわせの予感がゆっくりと戻ってくる——と、思ったら、やにわにクローゼットのドアが開いて、まぶしい光に襲われた。

「……何やってんの」

目を丸くする千弥子に、飛びあがった二人がいったい何を答えられるだろうか。

「……あ、俺、のど渇《かわ》いちゃった。ちょっと外でジュース買ってくる」

「わ、わたしも」

らしくもなくカッコ悪く逃げ出す遊のあとを、そそくさとついていく光希。

露骨に怪しい二人を、千弥子がどんな顔で見送っていたか——とても振り返って確認する勇気はない。二人とも、イタズラを見咎《みとが》められた子どもみたいに、バタバタと家の前から走って逃げる。

「バレたかな」

「さあ」

息を弾ませる光希に、遊は軽く答えた。彼は「ちょっとつまずいた」くらいののんきさで、家から離れたらさっきのことはもう忘れたみたいに、光希の手を取りぶんと大きく前後に振る。そうしたら、光希の背中に張りついていた焦りも、簡単にどこかに飛んでいった。

二人で歩幅をゆったりしたものに変えて、「逃げる」モードから「散歩」モードに切り替える。

つないだ手が揺れるたびに細い鎖が手首をなで、あたたかい気持ちがこみあげてくる。

冷たい風が吹き抜け、街路樹から赤く色づいた木の葉が降ってきた。その中の一枚がまた絶妙に遊の頭のてっぺんに落ちるから、思わず指をさして笑ってしまう。

「すごい、奇跡的ー！」

「笑うなよ」

一瞬ムッとした遊が、仕返しとばかりに足元の落ち葉をかき集めてニヤッと笑い、フラワーシャワーよろしく、光希の頭上で落ち葉を散らした。

「ちょっと、何すんのー！」

抗議しながらも、気分は完全に雪にはしゃぐ子どもと同じだった。

お互い落ち葉を拾っては投げつけ合って、きゃあきゃあ言いながら逃げ回って、もう笑いが止まらなくて——馬鹿だなあ、と思いながらも楽しくてやめられない。散々追いかけ回されたあとにがばりと抱きこまれるように捕まったとき、光希はすっかり息を切らしていた。

「旅行行こうか」

くっつき合ったまま笑っていると、唐突《とうとつ》に、遊がそんなことを言いだした。

「えっ？　旅行？」

不意打ちにちょっとドキッとしたけれど、

「旅先だったら、人の目とか気にしないでのびのびできるだろ」

なんて、晴れ晴れとした表情で言われたら、及び腰になるヒマもない。

うれしくて、遊の腕を思いきり抱きしめてしまう。

「そうだね。うん、楽しいよね。二人で旅行。うん、絶対、行こう！」

――行くならいつ？　どこに？

海があるところがいいか、山があるところがいいか――北の方か、南の方か。

もはや「ジュースを買う」という口実はすっかり忘れて、指と指をしっかり絡ませ、ときどき小突き合いながら、二人の秘密の旅行計画はどんどん広がっていった。

★

「――そっか。光希は今、しあわせなんだ」

「うん、しあわせ。両想いって、こんなに楽しいんだね。はじめて知った」

よく晴れた昼休み、光希は茗子《めいこ》にすべてを打ち明け、ほう……と熱いため息をついた。

制服の袖口《そでぐち》で巧みに隠しているが、遊からもらったブレスレットは学校でも肌身離さずつけている。ちょっと日に透かしてニヤけてみたりして、そんな自分にこそばゆくなる。

「そっか……」

頬杖《ほおづえ》ついた茗子のささやきに、光希はハッとした。

「……ごめん。わたしばっかり……」

茗子は両想いになるしあわせとそれが壊れる苦しみ、どちらも味わっている。無神経だったかもしれない。

「大丈夫だよ」

光希の心配をよそに、茗子は笑いかけてきた。

「わたしもしあわせだよ、光希。心の中に好きな人がいる。それだけで、充分しあわせ」

まるで大事なものをしまいこむように、胸に両手を重ねる茗子。

彼女はきれいだった。

顔かたちの美しさではなく、内側からにじみ出るような美しさがある。

自分も、この恋を大切にしていればこんなふうにきれいになれるんだろうか。

じっと見ていると、茗子が目を合わせてきた。

にこっと、どちらからというでもなく笑い合う。

こういう何気ない日常も、ひとつのしあわせだと光希は思った。

八章

——その日部屋の蛍光灯《けいこうとう》が突然寿命《じゅみょう》を迎えたのは、何かの予兆だったのかもしれない。

「蛍光灯、蛍光灯……確か、この辺に……」

遊《ゆう》は引っ越しのときの記憶を頼りに、納戸《なんど》に上半身をつっこんで箱という箱を開けていた。

同居前にお互いの家がそれぞれ買い置きをしていて、予備はけっこうな数になっていた。ふだんは使わないので納戸の奥にしまっておこうとみんなで話したことを覚えているが、まとめて入れておいた箱がどれだか分からない。

ひとまず目についた大きい段ボール箱を片っ端《ぱし》から開けていて——不幸にもそれに手を伸ばしてしまった。

一番奥の、隅の方に追いやられていた箱だった。ちょっと動かしてみたがやけに重く、それが遊の興味を引いた。

「なんだ、これ」

開封してみると、目当ての蛍光灯が入っていなかった代わりに、はじめて見るデザインのアルバムが、隙間《すきま》なく詰められていた。おかしな話である。アルバムは引っ越しのときにリビングの棚《たな》に挿したはずだ。松浦《まつうら》家のものも、小石川《こいしかわ》家のものも。少し前の休みの夜に、みんなで見ながら盛りあがったのだ、間違いない。

ますます気になって、遊はアルバムを一冊抜き出し、表紙をめくった。

幼かった自分と、両親の記念写真がきれいに貼りつけられていた。

——なんでこんなところに押しこんであるんだろう。

不思議に思いながらも、懐かしさに誘われてページを繰った。

最初にめくったのは裏表紙だったようで、写真の中の遊はページが進むたびにどんどん小さくなっていって、一緒に写っている両親も同じだけ若返っていく。

「若いな……」

生まれたての遊を抱く母の姿に、思わず笑ってしまう。

他のアルバムも見たくなって、遊はもう一冊取り出した。

こちらは遊が生まれる前のもののようで、青年、と呼べる年代の両親の写真が並んでいる。旅行中の記念写真、風変わりなオブジェとの一コマ、たぶん盗み撮りの、父の寝顔……。

意外に楽しく眺めていると、ページの隙間から、一枚の写真がすべり出てきた。

どこからかはずれたのか。

何気なく手に取り、表裏を返してその写真を見――遊は愕然《がくぜん》とした。

指先から震えが伝わり、ぶれて見える古い写真。

「……嘘だろ」

やっとそんな声がこぼれ出たとき、遊ののどはカラカラに渇《かわ》いていた。

★

「ただいまー！」

バイトから帰ってきた光希《みき》は、上機嫌だった。

靴《くつ》を脱ぐなりリビングに一直線。「じゃーん！」の効果音と一緒に印籠《いんろう》よろしく通帳を掲げる。

「見て見て！　今日、バイトのお給料が出たんだー。これで冬休みに旅行こうよ」

ソファでテレビを見ていた遊のとなりに乗りあがるようにして座って、にっこりする。

「あとね、見せたいものがあるの。手、出して」

「あ、うん」

遊の返事はなんとなく魂が抜けたようなものに思えたが、気分最高潮の光希は深く考えるゆとりもなく、遊の手を引っぱった。

「この前のブレスレットのお返し。そんなに高いものじゃないけど」

そう言って遊の手首に巻いたのは、茶色いベルトの腕時計である。お返しはいろいろ考えたのだが、光希がいつもブレスレットをつけていられるように、遊にもいつもつけてほしくてこれにした。文字盤が大きめで、スタイリッシュなデザインが遊に似合っていると思ったし、光希も好みだった。

「……ありがとう」

ドキドキしながらリアクションを待っていた光希に、遊はそうつぶやいた。時計をじっと――感じ入るようにじっと見つめていたように思えたから、光希はほっとした。

これでいつもお互いを身近に感じていられる。

いや、家でも学校でも顔の見える距離にはいるんだけれども。

もっと、もっとだ。

すごく欲張りな気がするけれど、その欲張りがなんだかうれしい。

あたたかな気持ちがあふれて、光希は遊に頬を寄せた。

リビングだけど両親はまだ帰っていない。いつもなら当たり前のように甘い口づけが降ってくる――はずなのに、遊はなぜか光希を避け、

「ごめん。ちょっと今日……」

「え……。なに?」

「風邪気味なんだ。部屋で寝てくる」

と、目も合わさずに行ってしまった。

そのとき光希が「変だな」と思ったのは確かだ。

たとえ具合が悪くても、調子のいい言葉で誤魔化すのが遊だ。あんなふうに避けるなんて、らしくない。

それでも、「体調が悪いんだからふつうでいられるわけがない」と思い直して、気にしないようにしていたけれど——光希の気持ちに反して、ちょっとした違和感はそのあとも続いた。

朝、学校に向かうバスの中で、遊は「寝不足なんだ」と言ってずっと目を閉じていたし、学校では休み時間のたびに教室から姿を消すから、少しも話ができなかった。やっと迎えた放課後、一緒に帰ろうと誘っても、

「先帰ってて。図書館で勉強してから帰る」

と、やんわり断られる始末。

そこで「じゃあわたしも一緒に」と食い下がればよかったのかもしれない。でも、言えなかった。小さな懸念《けねん》があったからだ。

わたし、避けられてるのかも——と。

そしてそのもやもやとした不安は、その日の夜、はっきりとした形を持って目の前に叩きつけられた。

「——京都の大学に行きたいんだ」

突然——それはまさに、突然だった。

光希にとっても、両親たちにとってもそう。いつもどおりにぎやかに食卓を囲んでいたところで遊が何の前触れもなくそう切り出して、みんな硬直していた。

「この大学なんだけど」

驚かれるのは想定内だったのか、遊は落ち着いた様子で要士《ようじ》にパンフレットを差し出した。

「建築学科がすごく充実してて、卒業生に有名な建築家が何人もいるんだ。俺、いずれはその道に進みたいと思ってる」

遊が一歩一歩踏みしめるように言葉を重ねていく間、パンフレットは要士から母に、父に、そして千弥子《ちやこ》に、と、順番に回され、最後には光希の前にも回ってきた。

が、とても手を伸ばせる心境にはなれない。

遊が建築に興味を持っていることは知っていた。

でも、京都だなんて話、聞いていない——。

「遊くんはしっかりしてるなあ。早いうちから進みたい道がはっきりしてて」

「光希に爪の垢煎《あかせん》じて飲ませたいわね」

父と母は、しきりに感心していた。

遊に「父さんはどう思う?」とたずねられた要士は、

「反対する理由がないよ。な、千弥子もだろ?」

「ええ」

結局、大人たちは全員遊の希望を受け入れる姿勢だ。

たぶん、光希もただの同居人のままだったら、「すごいね」、「がんばってね」と素直に応援できたと思う。でも、今は——。

「だったら、もうひとつお願いなんだけど」

現実を受け止めきれないまま黙りこんでいると、遊がさらに勢いこんでこう言った。

「早く京都に行って、入学の準備を進めたいんだ。向こうの高校に編入の手続きを取ってほしい」

これにはさすがに大人たちも驚いていた。

「どうしてそんなに急ぐんだ?」

「早く京都に慣れたいんだよ。予備校の情報も向こうの方が充実してるし」

「せっかちねぇ。思い立ったら待てないんだから」

要士と千弥子が、顔を見合わせた。困ったような笑みを浮かべているが、二人とも遊のことを分かっているからか、強固に反対するような雰囲気《ふんいき》ではない。「まあまあ」、「いいじゃない」と鷹揚《おうよう》にほほえむ父や母も、同じだ。

遊が、ほっとしたように肩の力を抜いた。

「じゃ、ちょっとコンビニ行ってくる」

大人たちが改めて大学のパンフレットに群がったタイミングで、遊が席を立つ。

その場をうまくとりなすのが上手な彼だから、大人たちは気づいていない。

でも、光希には分かってしまった。

遊は、一刻も早くこの場を去りたい――そんな気持ちを隠していた。

自分の希望をはっきりと口に出して、それを支持してもらえたら、少なからず気持ちは前向きになるものじゃないだろうか。

明るい未来を想像して勝手に足取りは軽くなるはずだし、たとえ不安があっても自分を鼓舞するように顔をあげるだろう。

少なくとも、うつうつとして、足元ばかり見て歩いたりはしないと思う。

遊は、後者だった。

家を出てからずっとうつむき加減で、その丸まった背中を見ていると、進路志望にケチがついて失望している学生のよう。現実と真逆なのだ。

「遊!」

走って追いつくと、遊は暗い目をして振り返った。

「遊、なんでなの。京都に行くって、なんで言ってくれなかったの?」

「……おまえに関係ないし」

「関係なくないでしょ!」

思わず責めるような口調になってしまったが、ふいと前を向いた遊の横顔があまりに思い詰めているように見えて、光希は口をつぐんだ。これでは光希の方が悪いことをしてしまったみたいだ。

何も話せないのに引き返すこともできないまま、二人でどこへ向かうでもなく歩いていく。

その距離が伸びるにつれ不安が増した。

何が起こっているのかまるで分からない。

この道の先が、脱出不能の迷宮につながっているような気がしてくる。

「……ごめん、光希」

唐突《とうとつ》に、遊がぽつりとつぶやいた。

長い沈黙のあとにやっと出たのがそれで、光希は胸いっぱいに息を吸いこむ。

「ごめんってなに。なにがごめんなの?」

感情を抑えたつもりなのに声が尖り、遊が亡霊みたいに光希を見る。

「俺……光希のことが女として見られない」

「え……？」

「もう好きじゃないんだ。ごめん」

空耳と信じて訊き返したのにそう返されて、のどをふさがれたような心地がした。

どうしていきなり。なんで——。

疑問は声にしたつもりなのに、自分の耳にも聞こえてこない。

「やだ……そんなのウソだよ。やだよ！」

やっと絞《しぼ》り出した声はみっともないほど震えていて、でも、遊はそんな光希の目を見てはくれなかった。

ただ、固く結ばれたくちびるが——ピクリとも動かない横顔が、痛いほど現実を突きつけてきた。

★

どんなに泣いても滞《とどこお》りなく朝は来て、どんなに気持ちが沈んでいても日常は絶えず光希を急《せ》き立てた。

遊に衝撃的な言葉を突きつけられてから数日後である。

光希はバイト先のジェラート店で忙しく動き回っていた。

本音では何もしたくない。でも部屋に引きこもっていても悪いことばかり考えるだけだから、「人の目のあるところでやらなければならないことがある」という状況は、ある意味救いだった。家に帰ったら人形みたいにベッドに横たわるだけなのに、バイト先なら自動ドアが開く音がするだけで反射的に笑顔になる。

「いらっしゃいませ」

また客が入ってきた気配がして、光希は制服をひらめかせて振り返り——少し、営業スマイルを硬直させた。

銀太《ぎんた》だったのだ。

「少し話せる？」

そう言われて、光希は一緒にカウンターに入っていた先輩に目をやった。いちおう仕事中で、休憩時間も済んだあとだ。でももうすっかり冬で、ジェラートの店も夏ほどお客が入らない。「いいよ」と、比較的簡単に許可がもらえたから、店の外に行列ができたときのために置いてあるベンチに、銀太とそろって腰を下ろした。

「よかったな」

光希の顔も見ずに、銀太は出し抜けにそんなことを言った。

「……え。何が？」

「松浦と付き合ってるんだろ？　……よかったな」

少し遅れて、光希はうなずいた。

「ああ、うん……ごめんね。言いそびれてて」

「あやまんなよ。これからも友だちでいてやるから」

にっと笑いかけられて、胸の奥に重いものが沈んでいく。

あの、遊を巻きこんだ練習試合のあとから、銀太とは表向きふつうにしていたつもりだ。でも、指にできたさかむけが忘れたころに痛むように、ふとした瞬間にぎこちなさに襲われていて――今日、銀太がこうして会いに来て、祝福してくれたことは、彼なりの仕切り直しなのだと思う。

その気持ちはうれしかった。

でも、とても言えない。

こんな状況じゃ、ダメになっちゃった、なんて、口が裂けても言えない。

「あいつに泣かされるようなことがあったら、いつでも俺に言えよ」

もう何年も前から知っている笑顔で、銀太は頼もしく胸を叩いた。

つい、甘えたくなる。今の状況を全部ぶちまけて、声をあげて泣いて、慰めてほしくなる。

でも、我慢した。我慢して、ほほえんだ。

「……銀太、やっぱいいやつだね」

「あたりまえだ」

きっぱり言われると、ますます想いが深くなった。

――銀太には、絶対に言えない。


その日の夜、バイト帰りに茗子《めいこ》と会った。

待ち合わせを静かな雰囲気のカフェにしたのは正解で、どちらかの部屋だったら大泣きしてしまっただろう遊とのことを、取り乱さずにきちんと伝えることができた。

「松浦くんが京都に?」

茗子は驚いていた。だが、眉《まゆ》をひそめていて、少し、怒っているようにも見えた。

光希は、淡々と答えた。

「うん。今日一〇時の夜行バスで」

「一〇時って。もうすぐじゃない」

壁時計を仰《あお》ぎ、とうに九時を過ぎていることを確認した茗子は、一瞬席を立つようなそぶりを見せて、でもそのあとどうにもできずに、テーブルに半分身を乗り出すような恰好《かっこう》で座り直した。

「なんで急に？　なんでそんなことになっちゃったの？」

「分かんないよ、わたしにも」

あれから遊とは話していない。話すのが怖かった。

だからなにも分からないまま、京都行きの話がまとまり、編入の手続きが済み、遊の荷物が送られる一連の流れを、くちびるを嚙《か》みしめて見ていることしかできなかった。

カップを手に取ると、ふわりとキャラメルラテの香りが漂った。

カフェに流れるボサノバが、沈黙を埋める。

「……ねえ。一緒についていったら？　京都まで」

少し間を置いたあとで、茗子がそう提案した。

一時は駆け落ちを考えた彼女だ、軽い気持ちで言っているわけではないと思う。

でも、光希は首を振った。横に、ゆっくり。

「ふられたんだよ、わたし。そんなことできるわけないじゃん」

「じゃあ、せめて見送りに……」

「もういい。もう、遊の気持ちはわたしにないんだもん……」

無為にカップの取っ手に指をかけ、目を伏せる。

今ごろ遊は大人たちに見送られ、旅立ったはずだ。

京都へ向かうバスの中で、彼はひとり、どんな顔をしているだろう。

想像してみて——光希はため息をつく。
どんなに楽観的に考えても、希望に瞳を輝かせている遊が想像できないのだ。
たぶん、彼が決意を告げた夜、一度だってうれしそうにはしなかったから。
だからよけいに分からなくなる。
どうして遊が家を離れることを決めたのか。
光希の前からいなくなったのか。
「……分かんないよ……」
家に帰り、主のいなくなった部屋で、光希は机に突っ伏した。
つい昨日まで遊が使っていた部屋には、彼の持ち物がまだたくさん残っている。
一緒に寝ころんでおしゃべりに夢中になったベッドも。
朝になると壁越しにけたたましい音が聞こえてきていた目覚まし時計も。
借りて読んだ本も、いつも着ていた服も、特別な外出の日だけ使っていたバッグも——
それに、光希の手首に光ったままの、パールのブレスレットも。
どれも光希の心に鋭い痛みを呼び起こしたが、目が離せなかった。
もう一緒にいられないのなら、せめてその気配だけでも感じていたかったのだ。

九章

ショートカットは子どもっぽい、と思って髪を伸ばし始めたのは、高校にあがりたてのころだった。

順調に伸びた髪は結べるほどになり、いろんなヘアスタイルが楽しめるようになって——今日、光希《みき》はその髪にハサミを入れた。

「いいですか、こんな感じで」

鏡越しに美容師に問いかけられて、光希はにっこりほほえむ。

「はい。ありがとうございます」

鏡の中、今までよりずいぶん髪が短くなった自分は、客観的に見てとても大人っぽくなったと思う。髪を耳に引っかけた拍子に空けたばかりのピアスがきらりと光るから、なおさらだ。

光希は鏡の中の自分にすっかり満足し、意気揚々《いきようよう》と美容室をあとにした。

遊《ゆう》が京都に行ってしまってから、半年。

光希は高校を卒業し、無事に大学生になった。といっても、付属の大学に進学したから、受験で大変な思いをしたわけではないし、家を離れたわけでもない。新しい友だちができたり、好きな服が変わったりしても、生活はあまり変わらないままだ。

しかし光希が親しくしていた人たちはずいぶん環境が変わった。

遊は勉強の甲斐《かい》あって希望通りの大学に進学し、京都に残っている。

そして、親友の茗子《めいこ》は——。

「光希！」

駅でキョロキョロしている光希に、彼女は息を弾ませ駆け寄ってきた。

もともと大人びたところがあったけれど、高校を卒業してさらにきれいになった彼女は、今、『もみじ饅頭《まんじゆう》』と書かれた紙袋を手に提げている。

そう。茗子はこの春、名村《なむら》先生を追いかけ広島へ行ったのだ。

そしてほどなく光希の元に結婚の報告をしてきて、今回が久しぶりの帰省《きせい》だ。二人してきゃあきゃあ言ってひととおり再会を喜んだあと、近くのレストランでさっそくその話で盛りあがった。

「へー！　お姑《しゆうとめ》さんたちと同居なんだ！」

「うん。お義父《とう》さん、お義母《かあ》さん、お義兄《にい》さん、お義姉《ねえ》さん、甥《おい》っ子姪《めい》っ子。大家族なの。朝から晩まで騒がしくて」

ジュースに挿したストローを回しながら、茗子は「もう大変！」と大げさに言うが、スマホの中の家族写真を見せてくれるその顔には笑みがあふれている。

「そんなこと言って、楽しそうだよ、茗子ー」

「うん、楽しい。世の中にこんな仲のいい家族がいるんだなって、すごい発見。思い切って飛びこんで本当に良かった」

「茗子はえらいよね。想いを貫いたんだもんね」

「先生には何回も帰れって言われたんだよ。ご両親のそばで、大学だけでも出ておけとか。でもわたし、頑固だから」

「うん。知ってる」

そう返すと、茗子も光希も、高校生に戻ったみたいに声を立てて笑った。

「ところで、光希はどうなの？　大学、楽しい？」

茗子の近況報告をひとしきり聞いたあと、今度は光希がたずねられる番だった。

「楽しいよ」

光希はにっこりする。しかし、その笑みを長くは保てなくて、「でも……」と語尾を濁《にご》らせる。

「でも……？」

ついうつむいた光希の手元には、未だに外せないパールのブレスレットがある。

茗子も気づいたようだ。

「やっぱり松浦《まつうら》くんのことが忘れられない？」

慎重な口ぶりで問われて、光希は小さくほほえみ、うなずいた。

「……うん」

進学してから新しく出会った人はたくさんいて、その中にはかっこいい人もいたしやさしい人もいた、話が合う人もいたけれど——どんな素敵な人を前にしても、遊への気持ちは色あせなかった。

仕方がないと思う。

遊は家族でもあるから、両親たちとみんなで食事していたりすると、いやでも話題にのぼる。そうでなくとも部屋がとなりだ。自分の部屋を行き来するたび遊の部屋も目に入るから、その存在自体を完全に消すことができないのだ。

「ねえ、一度京都に行ってみたら？」

茗子が急に真顔になった。

「京都に？」

訊き返す光希に大きく一度相槌《あいづち》を打ち、テーブルの上で指を組み、

「ちゃんとお別れも言えてないんでしょう？　どんな結果になるにしても、一度会って、ちゃんと気持ちに整理つけた方がいいんじゃない？」

茗子は、光希の目をまっすぐ見ていた。

自分の気持ちを理解してくれる人の言葉は、思っていたよりもずっと心強いものだった。茗子と会って数日後、光希はそれまで何度も乗ろうと思ってはくじけていた、京都行きの新幹線に乗っていた。

全部茗子のおかげだ。

あの日茗子がかけてくれた言葉は、光希の心にしっかり根を張り、今、光希の身体《からだ》を動かしてくれている。

相変わらず気持ちは後ろ向きだし、明るい未来は想像できないけれど——光希は逃げ出したくなるたびにブレスレットに目をやって、どうにか自分を踏みとどまらせた。

京都駅は、人でごった返していた。

日本人はもとより外国人観光客も大勢いて、いろんな言葉が飛び交っている中を光希はずんずん進んでいく。

さすが観光地だけあって駅もバス乗り場も分かりやすく、難なく遊の通う大学にたどり着くことができたが、道に迷わないことと、アポなしで来て目的の人に会えることはまったく別の問題だ。見なれないキャンパスの中を、放浪するように歩いて回る。

遊に会えるだろうか。

もし会えたら、何を話せばいいだろうか。

会いたいくせに不安に駆られながら、光希はキャンパスの中を歩いていく。

と、少し先を見なれた顔が横切るのが見えて、光希は呼吸を止めた。

目を凝《こ》らす。

キャンパスを行きかう幾人もの肩の向こう——光希の視界を横切るように歩いているのは、間違いない、遊だ。髪の色を暗いものに変えていて、さらに大人びた印象になっているけれど——確かに、遊だ。

「遊……」

光希は思わず足を速めた。

顔を見ただけでつらい日々のことはすっかり隅の方に押しやられて、一緒に暮らしていたあの日のまま、名前を呼んで、駆け寄って、抱きしめそうになる。

だが、その寸前で光希は足も声も止めた。

遊のとなりに女の子がいたからだ。

落ち着いた雰囲気《ふんいき》の、きれいな子である。遊と肩を並べて歩く姿が悔《くや》しいくらいに絵になる、とてもきれいな子。

光希はとっさに二人から目をそむけ、しかし彼が間違いなく遊であることを再確認すると、それまでとは真逆に向かって駆けだした。

そりゃあ、そうだよね。

次へ次へと足を急がせながら、必死に自分に言い聞かせる。

遊が新しい生活を始めて、もう半年だ。新しい人間関係だってできる。まして遊だから

——自分が好きになった人だから——自分以外の誰かが目に留めたって不思議じゃない。

それに遊が応えたって、不思議じゃないのだ。

人目を避けるように大きな木の陰に入ったところで、光希は足を止めた。大した距離を

走ったわけでもないのに、ひどく息が切れた。

押しのけられたはずのつらさが勢いを増して襲い掛かってくる。

身体が熱い。胸の奥も、目頭《めがしら》も。

頭の中がぐちゃぐちゃで、どうにかなりそうだ。

「——光希」

思いがけず名を呼ばれて、びくっと身体が震えた。

振り返って確認するまでもない。この声の主。

「やっぱり光希か。何してるんだよ」

返事をためらううち、遊が光希の正面に回りこんできた。

毎日のようにまぶたの裏側に思い浮かべた顔。

目にするだけで熱いものがこみあげてくる。

「来るなら来るって言ってくれないと。たまたま会えたからよかったけど」

「……あ……うん。ごめん……」

返事は、自分でも意外なほどまともにできた。

遊の傍《かたわ》らに先ほどの彼女の姿が見えたから、自分をまっすぐ保てたのかもしれない。感情を乱していた熱のかたまりも急速に鎮《しず》まり、いちおう、遊の顔を直視できる。

「……松浦くん。わたし帰るね」

光希と遊とを交互に見ていた彼女がそっと言い、遊が「ああ、また」と彼女を見送った。

強い風が吹き、頭上の木がざわざわ音を立てる。

今度は光希から切り出した。

「今の人……カノジョ？」

「……うん」

離れていく彼女を目で追い、遊はうなずく。

「そっか」

ずきりと胸が痛んだことに気づかないふりをして、光希は自分のつま先に目を落とした。

「わたしね、遊がどうしてるかと思って。気まずいまま別れちゃって、遊に悪いことしたなって。それで、わたしは大丈夫だよって、言いに来たんだ」

でも――と、光希は強い決意を持って顔を振りあげる。

もう少し——もう少しだけがんばって。

自分を懸命に励《はげ》まして、光希は遊に笑いかける。

「カノジョとかいるなら、そんなことわざわざ言う手間も省《はぶ》けたっていうか。うん、来て良かったよ」

帰るね——と早口に言って、光希はバッグの持ち手を握りしめ、歩き出した。

「——送るよ、駅まで」

まるで当たり前のように、遊がすぐに追いついてきた。

駅へ向かう道中も、ホームのベンチに座って電車を待つ間も、知っているのに知らない人といるみたいに、妙に落ち着かない気分だった。

「……時計、してくれてるんだね」

気がついてそう声をかけると、遊は一度手首に目を落とし、「うん」とうなずきながら時計の位置を整えた。

「ダメじゃん。カノジョいるのに」

「……おまえもしてるじゃん」

すかさず返され、光希はとっさにブレスレットに触れた。

毎日つけているから、ほとんど身体の一部になってしまっている。

「わたしはいいんだよ」

光希は言う。

「だって……」

言いかけて、でも言葉が続かない。

「……だって……」

警報音が鳴り響き、電車がホームに入ってきた。

光希はまとわりつくものを全部振り落とすように、勢いつけて立ちあがる。

遊も立ちあがった。

なぜか息を詰めているように見えた。

――抱きしめてほしい。

ふいにそんな願望が突きあがってくるけれど、もちろん口には出せなくて、光希は遊の服をそっとつまんだ。振り払われたら吹っ切れる気がした。でも、そうされなかったから放せないまま、やがて発車のベルの音を聞いた。走り出した電車が残していく、強い風を真横から浴びた。

「……ごめん。次の電車に乗るから……」

未練がましい自分が、情けなくて泣きたくなる。

「……光希」

遊が、光希の目をのぞきこみ、諭《さと》すようにささやきかけてきた。

「光希にもいつか出来るよ、好きな人が」

「……そうかな」

風で乱れた髪を指先で払いながら、光希は目を伏せる。

「たぶん、わたしは遊のことがずっと好きだよ。これからもずっと。そんな気がする」

「――そんなんじゃダメだ」

急に遊が声を固くして、光希はびくっと肩を跳ねあげた。

「光希も好きな人見つけなきゃダメなんだ。俺じゃない人。俺じゃない――他の男」

「なんで……なんで、そんなこと言うの？　遊は誰を好きになってもいい。わたしはかまわない。でも、わたしの気持ちはわたしのものだよ。自分の気持ちくらい、自分の自由にさせて」

ずっと抑えていた感情が、急に熱を帯びてくる。

遊のことは今でも好きで、でも、その気持ちがもう表には出せないなら、いつまでも――ひょっとすると一生――その気持ちを自分の中の一番大事な箱にしまっておくしかない。それは仕方がないし、それでもよかった。茗子がいつか言っていたことと同じだ。好きな人がいるというだけで充分。

でも、遊はダメだと言う。そうしてひっそりと想うことさえ許してくれない。

それは、あまりにつらい。

光希は遊の瞳に訴えかけた。

「遊と離れて、ずっと苦しかった。わたしだって、できれば遊のこと嫌いになりたいよ。でもできないんだよ！」

あんなに我慢できていた涙が、いとも簡単にこぼれ落ちる。

絶対に泣かないと決めていたのに。

一度あふれ出したら止まらない。

それでも、半分意地になって遊から視線をそらさずにいると、やさしく涙を拭《ぬぐ》われた。

心なしか、遊の身体から力が抜けているように見えた。

「俺も……光希が好きだよ」

「……え……？」

「ウソついた。ごめん。さっきの人は彼女じゃない。友だちなんだ。光希にあきらめてもらいたくて、ウソ言った」

それはさながら、太陽がまぶしい真夏の空からまっ白な雪が降ってくるかのようだった。

まるでちぐはぐで、わけが分からない。

「……ウソ……？」

問い返す光希に、遊はうなずいた。静かに、だが、確かにうなずいた。

「……なんで？　なんのために、そんなウソ……」

喜びや安堵《あんど》よりも戸惑いが先に立ち、光希は追いすがるように遊を見つめた。

どうしてだろう。遊は泣きだしそうな顔をしていた。

──泣きたいのは、こっちなのに。

★

これ見て──と言われたとき、光希は「古い写真だ」と直感した。

表側は伏せてあったけれど、裏にお店のロゴが書いてあったから。デジカメやスマホで撮ったものをプリントした今の写真とは少し違う、写真屋さんできちんと現像した、昔のタイプの写真なんだと分かった。

光希は、遊が借りているアパートにあがってすぐ、遊にそれを手渡され、なんとなくこわごわと表裏を返した。

ざあっと鳥肌が立った。

「なに、これ……」

写っていたのは、光希の両親と遊の両親だ。しかも、四人とも今よりずっと若い。おそらく今の光希たちの方が歳《とし》が近いくらいで、四人とも笑顔で写っている。

いや、それだけならまだよかった。

問題はその写り方。四人は明らかに二組のカップルとして写っていて、その組み合わせは今と同じ。父と千弥子《ちやこ》が、母と要士《ようじ》が、それぞれに寄り添い、腕を組んで、しあわせそうに写っているのだ——。

「家にいるとき、納戸《なんど》の荷物の中にあるのを見つけたんだ。ハワイで出会ったなんてウソ。母さんたち、若いときに知り合ってたんだよ。だから……」

遊が苦しげに息を継いだ。

「父さんと結婚したとき、母さんのお腹にいた俺の父親は、仁《じん》さんだったたってことになる」

「——ウソ。ありえない……ありえないよ」

「いや、ありえる。四人の様子見てて、今まで変だって思わなかった？」

そう返され、ぐっと言葉に詰まった。

一目惚《ひとめぼ》れを理由にいきなり離婚して、同居を始めた四人。

今でこそ慣れてしまっているが、最初のうちは「変だ」とか、「おかしい」とか、思わない日はなかった。それに——あまり気に留めてこなかったが——ときどき両親たちはお互いのことを呼び直すことがある。親しげに呼び捨てにしかけて、慌てて「さん」づけに直すような……。

「……こんな大事なこと、なんでパパもママも言ってくれなかったの？　ひどい……」

手の中で写真がひしゃげそうになって、光希はそれをさっと放した。代わりに手を伸ばしたのはバッグの中のスマホで、

「わたし、家に電話する。パパとママに訊いて確かめてみる」

「やめろ」

遊が、取り上げるように光希の手を摑《つか》んだ。

「俺のこと、留美《るみ》さん……光希のお母さんは、知らない可能性がある」

「あ……」

「今さら騒いだって、家族がめちゃくちゃになるだけだ。どっちみち、あきらめることに変わりないだろ」

脳裏《のうり》に母の笑顔が浮かぶと、使い慣れたスマホが急に危ないものに思えて、光希はパッと手を引っこめた。まっ黒な画面をさらしたまま、ベッドの上にスマホが沈む。

「俺たちは、血がつながってるんだ。だからダメなんだよ。どんなに好きでも」

ぐちゃぐちゃになった頭の中で、遊の声だけが響く。

光希は、深く息を吐いた。

慎重に呼吸をした。

そうすることで、できるかぎり冷静になろうとした。

事実は写真の中にある。

遊の言ったことも、分かる。

理解もできる。

納得、しなくちゃいけないことも承知している。

本当は叫び出したいし、泣きわめいて、当たり散らして、どうにもならない現実を全力で恨みたいけれど、この事実を半年もの間、ひとりで、じっと黙って抱えこんでいた人を前に——その人が大切な人であるからこそ、自分は取り乱してはいけない。

「……旅行に行こ、遊」

こみあげる涙を懸命にこらえ、光希は遊を見あげた。

「え……？」

「約束してた旅行に、連れてって。旅行の間は元の二人に戻って、思いっきり楽しく過ごすの。そしたらわたし、あきらめる。——全部、あきらめる」

「でも……」

「これが最後だから。お願い」

困らせているのを分かっていて、光希は言葉を重ねた。

今、自分の心の中に渦巻《うずま》く悔《くや》しさ、悲しさ、苦しさ。

遊も、同じものを、同じだけ持っているはずだ。

そう信じられるから、そのとき心の底から噴きだしてくる絶望を封じこめて、光希は

「あきらめる」という言葉を口にできたのだと思う。

★

二人のはじめての旅行は、この空白の半年間がウソのように、おだやかなものになった。急に思い立ったことだったから、計画も目的もないまま、遊がかねてから見たいと熱望していた建築物を見に北九州へ向かう。

遊いわく、北九州には面白い建造物がたくさんあるんだそうだ。

まずは、若《わか》戸《と》大橋《おおはし》。

二つの街をつなぐ真っ赤なつり橋で、全長は六〇〇メートルを越えるらしい。青い海と快晴の空に境界線を引くかのようで、圧巻である。

「すごい、大きいねー」

海岸通りのフェンスに手をかけてはしゃいでいると、遊はちょっと離れたところから「うん」と返事をよこした。振り返ると、彼は一生懸命スマホの角度を調整しているところだった。

「遊、写真？」

「んーん。動画」

「え。撮ってるの?」

「撮ってる撮ってる。笑って」

促されてにっこりしてみたものの、そうやって改まるとなんか照れくさい。あわてて顔を隠して、

「やっぱいいよー！」

「えー、いいじゃん。フォトジェニックってやつだよ」

「だったら建物撮りなよー。ほら、あっち！　レトロなのある！」

レンガ造りの建物目がけて、海岸通りを走りだす。

この一帯は、どうも古い建物が多いようだ。

光希の目についた洋風建築は、入り口の上のところが塔《とう》のようになっていて、屋根はポッチのついたベレー帽のようにちょっとだけ中央が尖っている、面白いデザイン。バックの赤いつり橋との相性も抜群《ばつぐん》だ。

もうひとつ手前にあったビルは、外見は古臭《ふるくさ》いけど中に入ると「レトロモダン」で、とりわけ白を基調にした吹き抜けの回廊《かいろう》に感動した。よく見ると天井部分はステンドグラスになっていて、館内に降り注ぐ日差しを贅沢《ぜいたく》なものに変えているのだ。これは建築ファンじゃなくても写真に納めたくなる。

結局、光希も遊と同じように、スマホ片手にバシバシ写真や動画を撮って回った。

少し移動して、双眼鏡のように二つの窓が突き出ている美術館に着くと、その窓の真下でロボットみたいに両腕をまっすぐ伸ばして、一枚撮る。

エメラルドグリーンのドーム屋根が印象的な図書館の壁には、面白い形でツタが這《は》っていて、ちょっと離れて横顔と一緒に撮影すると、キャラクターが絶叫しているギャグ漫画の一コマみたいな、面白い画像が撮れた。といっても、ちょうどいい距離を見定めるのにそうとう苦労したが、今はそんな手間さえ楽しい。

「ごめんな、俺の趣味に付き合わせて」

ドーム型の天井が宇宙基地っぽい図書館の中で、ふいに遊はそんなことを言った。けれど、光希にしてみればそこがどこであっても、遊と一緒に歩いていられるだけで充分だった。

ふつうの彼氏彼女みたいにレストランでお互いのおかずをシェアしたり、四苦八苦しながらスマホで二人の写真を撮ったり、かわいい雑貨につられて土産物《みやげもの》屋で長居したり……。ささやかなことが、たまらないほどしあわせに思えたのだ。

「楽しかったね」

「うん」

二人でずっとつないだままだった手を放したのは、ホテルに着いてからだった。二部屋とっておいたシングルルームはお向かい同士で、光希も遊も、ドアに手をかけてやっとつないだ手を離したのだ。

「お願い、聞いてくれてありがとう」

光希はそう言って、カードキーを扉に当てた。

「……おやすみなさい」

「おやすみ」

遊の声に安心して、部屋に入る。カードキーを挿さないと明かりがつかないらしい、部屋は真っ暗で、がちゃん、とオートロックがかかる振動が扉につけた背中に伝わってくる。

ピ……と、外で音がした。

遊が部屋のロックを解除した音。そしてドアが開く音。

その扉が閉まったら、元に戻る。

遊は家族に——絶対に恋い慕《した》ってはいけない人に——なってしまう。

そう思った瞬間、光希はドアノブを押していた。部屋を飛び出していた。気付いたときには、短い廊下《ろうか》をはさんだ向こう、半分開いた扉に吸いこまれようとしていた背中に、抱きついていた。

遊が、カードキーを壁に挿した格好のまま、硬直したのが分かった。でも、押しのけられることはなかった。咎《とが》められることもなかった。怖いくらいの沈黙のあと、光希は強く腕を引かれて真正面から抱きしめられ、遊の胸の中で、部屋の扉が閉まった音を聞いた。

「……遊、わたしを本当の恋人にして。何も怖くない。遊だけいればいい」

ひととき無言で見つめ合い、光希はブラウスのボタンに手をかけた。遊に伝えたとおりだった。何も怖くなかった。

でも、遊は光希の手を押さえ、静かに首を振った。

そうしてただただ光希を抱きしめた。言葉もなく夜景を眺めながら。あるいはベッドに並びながら。一緒に、横たわりながら。

むろん、眠くなんかなかった。

眠りたくもなかった。

朝が来れば旅行は終わる。旅行が終われば、しあわせな時間も終わってしまう。

このまま眠らずにいれば朝は来ないかもしれない——なんて現実味のない幻想を抱きながら、光希は遊の腕の中、ただ、じっと彼のぬくもりを感じていた。


しつこく睡魔にあらがったあげく、いつの間にか眠りについていた、翌朝。

光希が目覚めると、遊は先に起き出していた。

彼は窓際のソファに座り、少しだけ開けたカーテンの向こうを見つめていた。

まだ暗い空のかなたからうっすらと白い光が差しこみ、端整な横顔を照らしている。

「……遊……？」

その横顔に光るものを見たような気がして、光希はそっと呼びかけた。

振り向いた彼は、強い視線で光希を射貫《いぬ》いた。

「あきらめるなんて、やっぱりできない」

いっきに覚醒《かくせい》し、目を見開く光希に彼は言う。

「俺、覚悟決めたよ」

「え……？」

「――常識だってモラルだって、おまえのためなら破ってやる」


遊は、よく言えばクールだけれど、悪く言えば冷めたところのある人だった。

――全部、思いこみだったと光希は知った。

本当は熱い気持ちも持っていて、でも、複雑な生い立ちの中で感情を押しこめる癖《くせ》がついていただけ。その証拠に、ホテルを出たあと、遊は光希の手をつかんで放さなかった。

「ものすごくつらいし、苦しいことだと思う」

どんどん手を引いていく遊は、前しか見ていなかった。

「子どもは作れないし……ずっと後ろめたい気持ちに付きまとわれる」

一言一言かみしめるように、

「自分を責めながら一生を送ることになるかも知れない」

ときおりつらそうな顔をしながらも、

「それでも俺は耐えてみせる」

力強く言うのだ。

「おまえと生きて行くためなら、何だってやる」

「うん……うん」

遊の決意はうれしいのに涙が出るばかりで、光希は必死にうなずいた。

「光希にも一緒に耐えて欲しいんだ。嫌か？」

「……ううん、一緒にがんばる。ずっと、一緒に」

一度京都を経由して、飛び乗った新幹線。ブレスレットをつけた手と、腕時計をつけた手をきつくつなぎ合ったまま、電車を乗り換え、駅を出て、タクシーを捕まえて——家が見えてくると、さすがに緊張した。支払いを終えてタクシーを降り、門の前に立つと怖くなって、光希は遊とつなぎ合った手に力をこめる。

「……もし、パパたちが許してくれなかったらどうしよう……」

「そのときは駆け落ちでもするさ」

強く手を握り返されると、不思議と臆病風がどこかに消えた。

二人で一緒に、二つ並んだ表札を見つめる。

小石川《こいしかわ》。松浦。

最初にこの表札がついたときは、こんなことになるなんて予想もしなかった。

「……ふう……」

何の合図もしていないのに、同じタイミングで深呼吸をした。

目を合わせ、一度うなずき合い、二人で一緒にドアを開ける。

「ただいま――」

声もぴたりと重なった。

★

家には、両親たちがそろっていた。

父はソファで鉄道模型をいじり、母は観葉植物に水をやり、要士はダイニングテーブルにノートパソコンを出していて、千弥子はキッチンの中で何か作業をしていた。

全員が全員驚いた顔だった。光希はともかく、遊は京都に行ってからろくに帰省《きせい》していなかったからだ。

「どうしたんだ、急に」

ノートパソコンをたたんだ要士に、遊は硬い声で切り出した。

「話がある」

「どうしたのよ、そんな怖い顔して」

何か察したのかキッチンから出てくる千弥子。

遊がすっと息を吸いこみ、言った。

「俺たち、将来結婚したいと思ってる」

「えっ！」

四方向から驚愕《きょうがく》の声が飛んで、遊の肩にぐっと力が入ったのが分かった。

「血のつながったきょうだいだってことは知ってる。世間で許されることじゃないってことも分かってる。だけど俺たち一緒に生きていくって決めたんだ」

しっかりとした遊の口調。光希も、くじけないように顔をあげ、大きくうなずいた。

「なに、言ってるんだ。遊……」

おかしな顔をする要士に、遊は、昔彼が見つけたという手紙のことを話した。要士の母親が、「他人の子どもがおなかにいる人と結婚してやっていけるのか」と心配してよこしたという手紙だ。

「それに、これも。……見た」

遊が部屋から持ってきた例の写真を差し出すと、たちまち、要士と千弥子の顔色が変わった。

「俺の本当の父親は仁さんなんだろ？」

遊が重ねて問うと、父と母が気まずげに目を伏せる。

「……ごめんね、ママ。ママを傷つけることになるかもしれないけど……わたし、遊のことが好きなの。千弥子さん、本当のことを教えて」

「光希！」

まるで黙らせるように声をあげる母を、要士が「待って」と制した。その要士と目を合わせた千弥子もまた、「私が話すわ」と言って母に目配せする。

父が模型をどかし、母がジョウロを棚《たな》に置いた。なんとなくみんなソファの周りに集まって、光希も遊と手をつないだまま、家族団欒《だんらん》のときの定位置にそろって腰をおろした。

「……光希ちゃんごめんね、今まで黙ってて」

言いようもない緊張感が漂う中、千弥子は、気遣わしげな表情でそう口火を切った。

「確かに私たち、昔のことを隠してた。私たちはハワイではじめて会ったわけじゃない。もともとは、今の夫婦の形で、大学時代に付き合っていたの」

青春時代の写真に、千弥子は目を細めている。

「私に仁の赤ちゃんができたのも事実。ただ、いろいろあってうまくいかなくなって、仁は私の妊娠《にんしん》を知らないまま、ロンドンに転勤が決まって別れてしまっていたの。そのとき、不安定になっていた私を支えてくれたのが要士よ」

「……どうして？　要士さんはママと付き合ってたんだよね？」

光希が目を向けると、母は少し肩をすくめてみせた。

「私はそんな事情を知らないまま、千弥子にやさしくする要士と喧嘩《けんか》が絶えなくなっていたのよ。それが原因で千弥子とも険悪になって、仁に相談しているうちに、仁が一緒にロンドンに行こうって言ってくれて」

「あのとき留美が支えてくれたことは、今でも感謝している。……俺も不安だったし」

父と母が笑い合った。少し苦笑いも入っていたけれど、光希がよく知っている父と母の姿だ。

少しホッとする光希の前で、母は、やさしい顔でみんなを見回した。

「一言では言えない、いろんな時間があって、長い間に愛情が友情に変わって……去年、ハワイで偶然再会して、あのときの誤解がきれいに解けたの。だからお互いに昔のときめきがよみがえったのよね」

あとは、知っての通りだ。子どもたちを巻きこんでのドタバタ離婚劇が繰り広げられて、今に至る。

「……それで、千弥子さんの赤ちゃんは？」

昔の恋人同士の話は分かった。納得した。

でも、肝心《かんじん》なところはそこだ。

光希が改めてたずねると、千弥子はおなかに手を当て、わずかに眉尻《まゆじり》を下げた。

「要士は、生まれたら一緒に育てようとまで言ってくれたのにね……。赤ちゃん、最後までもたなかったの。もうちょっとで四ヶ月になるところだったのにね」

光希も遊も、声を失った。

二人とも小さな子どもではない。千弥子の静かな告白が、軽い気持ちでできるものではないことくらい分かる。

千弥子は、そんな二人をいたわるように目元をなごませ、

「仕事も忙しかったし、周り中から結婚を反対されて、精神的に参ってたのね。……限界だったの」

「……そしてその次の年に遊が生まれた」

あとを引き取ったのは、要士だ。

四人の中でもとりわけ大きな影響を受けたに違いないのに、千弥子と目を合わせる横顔はやさしい。見れば父も、母も同じだった。みんなお互いを許し合っていることが伝わってくる。それに、お互いを認め合っていることも——想い合っていることも、ひしひしと伝わってくる。

千弥子が、赤ん坊を抱きしめるように胸に手をやった。

「いろいろあったことは確かよ。でも——遊、あなたは私と要士が、そして光希ちゃんは仁と留美が、心から愛し合って生まれた子どもよ。そこにはウソはない」

「……遊」

要士が遊を呼んだ。

「俺のこと、父親じゃないと思ってたのか」

堅い声で問われ、遊が答えずにいると、要士の手がパン——と遊の頬《ほお》を打った。

驚いて息を詰めたのは遊も光希も同じだ。そろって要士の顔を仰《あお》ぐ。

「……バカだな。ひとりで黙って悩んでたのか？　おまえは俺の息子だよ。俺の大事なたったひとりの息子だ」

遊の肩を叩き、力強い口調でそう言い聞かせた要士は、いつもどおりのおだやかな笑顔だった。遊そっくりの、おだやかな顔。

固く結ばれていたくちびるがほどけ、うつむいた遊の目から涙がこぼれた。それは、光希の身体《からだ》のこわばりをも解き放ち、光希は、思わず遊の腕をたぐり寄せ、両親たちを見回した。

「……わたし、遊を好きでいていいのね？」

遊もつられるように顔をあげ、大人たちを順々に目に映していく。

お騒がせな大人たちは、お互いにお互いの顔を見合わせながら、にこやかにうなずいた。

「もちろん」

たちまち、打ち上げ花火があがるように歓喜が突きあがってきて、光希は遊の首元にしがみついた。すぐに強い力で抱き返された。足がちょっと浮いている。けっこう苦しい。

でも、耳元で遊の喜ぶ声が聞こえたら、丸ごと喜びにすり替わった。

うれしい。ただただ、うれしい。

「あーあー、何やってんだよ、親の前で」

「こら、離れろ！　遊！」

母と千弥子が乙女《おとめ》の顔で見守っているのとは正反対に、父と要士が制止にかかる。でも
遊は知らん顔で、

「父さんたちに言われたくないよ」

そう言って、光希を抱き上げたまま、くるっと親たちに背中を向けた。

みんな笑顔だった。

両親たちも、光希も、遊も――みんながみんな、本当にしあわせを感じていた瞬間だった。

終章

「ねえ、遊《ゆう》」

「んー？」

「わたしたちが出会うことって、最初から決められたことだと思う？」

「うーん……どうかな？」

散歩がてら立ち寄った、ステンドグラスの美しい教会。

椅子《いす》に座って光希《みき》の肩にもたれかかっていた遊が、鼻先を向けてくる。

あいまいな返事をしているくせに妙に真面目《まじめ》な顔をしているのがおかしい。

光希は小さく笑い、きれいな天井画を見あげた。

「わたしは、そうだと思うよ。遠い空のどこかから誰かが見てて、『さあ行きなさい』って、パパたちみんなを出会わせてくれたんだと思う」

「……そっか。うん……そうかも」

遊がまぶしげに目を細め、ステンドグラスを通して降ってきた青い光に手を伸ばした。

その拍子に腕時計の文字盤がきらりと光り、光希もその手を追いかけると、ブレスレットも小さな光を弾いた。

重ねた手を、どちらからともなくぎゅっと握りしめる。

「わたし、パパとママの子どもに生まれて良かったよ」

「それは、俺も」

素直な答えがうれしくて、光希は遊にぴたりとくっつき、耳元でささやく。

「遊にも、出会えてよかった」

草原に風が走るように遊の顔に笑みが広がり、光希の耳元に大きな手が添えられた。

ふわりと訪れるしあわせの予感。

光希は大好きな人の傍にいられる喜びをかみしめながら、ゆっくりと瞼《まぶた》を下ろした。

※この作品はフィクションです。実在の人物・団体・事件などにはいっさい関係ありません。

集英社オレンジ文庫をお買い上げいただき、ありがとうございます。
ご意見・ご感想をお待ちしております。

●あて先
〒101-8050　東京都千代田区一ツ橋2-5-10
集英社オレンジ文庫編集部 気付
きりしま志帆先生／吉住　渉先生

映画ノベライズ
ママレード・ボーイ

集英社
オレンジ文庫

2018年3月25日　第1刷発行

著　者　きりしま志帆
原　作　吉住　渉
発行者　北畠輝幸
発行所　株式会社集英社
〒101-8050東京都千代田区一ツ橋2-5-10
電話【編集部】03-3230-6352
【読者係】03-3230-6080
【販売部】03-3230-6393（書店専用）
印刷所　株式会社美松堂／中央精版印刷株式会社

※定価はカバーに表示してあります

ISBN 978-4-08-680186-7 C0193

集英社オレンジ文庫

きりしま志帆

四つ葉坂よりお届けします

郵便業務日誌

鸙《ひばり》ヶ《が》原《はら》に暮らす春日浦ハルは、
四つ葉坂郵便屋の窓口で働いている。
大好きな先輩・六嘉に叱られながらも
幸せな毎日を過ごす中、出したはずの
手紙がなくなったという告発があり!?

好評発売中

【電子書籍版も配信中　詳しくはこちら→http://ebooks.shueisha.co.jp/orange/】

集英社オレンジ文庫

岡本千紘

原作／河原和音

映画ノベライズ

先生! 、、、好きになってもいいですか?

代わりに届けてほしいと頼まれた
親友のラブレターを、間違えて伊藤先生の
下駄箱に入れてしまった高校生の響。
責任をとって取り戻すことになって以降、
響は伊藤に初めての感情を覚えて…。

好評発売中

【電子書籍版も配信中　詳しくはこちら→http://ebooks.shueisha.co.jp/orange/】